「おまえにはどう見える？」
逆に聞かれ、佳人は慈愛を込めた眼差しを遥に据えたまま、
微かに唇を綻ばせて微笑した。
（本文より）

BBN
B●BOY NOVELS

ついの絆

―芝《し》蘭《らん》の交わり―

遠野春日
イラスト／円陣闇丸

この物語はフィクションであり、実際の人物・
団体・事件等とは、いっさい関係ありません。

CONTENTS

ついの絆

ー芝蘭《しらん》の交わりー

1

夏中猛威を振るった暑さも、十一月に入るとさすがに勢いが衰え、朝晩は肌寒ささえ感じる秋らしい気候になってきた。

「ちわーッス」

茶色く染めた髪を肩下まで伸ばし、瞳の色をグリーンに見せるカラーコンタクトを装着した今風の若者が黒澤《くろさわ》運送を訪れたのは、文化の日を含む週末が明けた月曜日のことだった。

一階の事務所で書類整理をしていた佳人《よしと》は、陽気な声を上げて軽いノリで入ってきた若者を、荷物のことで何か相談に来たお客とばかり思っていた。

若者は出入り口を入ってすぐのところにある受付カウンターに歩み寄り、奥に広がる事務所内を興味津々といった面持ちでぐるっと見渡す。

カウンターに最も近い席にいる事務の女子社員が「いらっしゃいませ」と応対に出た。

黒いブルゾンにVネックのセーター、黄土色のパンツという出《い》で立ちの若者は、用件を尋《たず》ねられて「えーっと」と馴れ馴れしい口調で言った。

「社長さん、いる?」

どうやら遥《はるか》に用事があるらしい。

佳人は書類の整理を中断すると、女子社員と代わって若者と向き合った。

「社長秘書の久保《くぼ》と申します。失礼ですがどちら様でしょうか」

今日この時間に来客の予定はなかったはずだ。佳人は相手がどういう用向きで遥を訪ねてきたのか、まるっきり見当がつかなかった。飛び込みの営業マンなどではなさそうだし、個人的な知り合いという感じでもない。

「あっ、じゃあ、あんたが今度辞める人？」

「は？」

いきなり思いもよらぬ言葉を吐かれ、佳人は冷や水を浴びせられた心地になった。

どういうことだ。今この若者はしたり顔で何を言った？　なぜその話を知っているのか。

わけがわからず混乱し、動揺する。

九月末から佳人が本格的に始めた個人事業に専念するため、クロサワグループ社長秘書の仕事は辞める——その話は確かに遥としていた。事業開始の数日前、遥と二人で白馬《はくば》のリゾートホテルに泊まりに行った際、きちんと話してお互い納得した上で、そうしようということになった。

しかし、佳人の心づもりとしては、それはもう少し先の予定だった。

早くて年内いっぱい、遅くとも年度末までには次の秘書を決めて引き継ぎをする、遥ともそう話していた。

遥は黒澤運送をはじめ全部で六つの会社を経営している。他の五社にはそれぞれ経営責任者を置き、自分は会長職に就《つ》いているが、いずれも任せきりにすることなく全社に目を光らせている。遥はそういう性分なのだ。周囲が遥を仕事人間だと言うのも頷《うなず》ける。

社長業を黒澤運送一社に絞ってからは昔に比べるとずいぶん負担が軽減されたものの、多忙であることに変わりはない。

佳人も秘書になりたての頃は大変だった。佳人の場合、秘書の経験などなかった上に、前任者からの引き継ぎもなしだったので、最初の数ヶ月はまさに手探り状態だった。仕事に厳しい遥に何度怒られ、冷ややかな目で見られ、「もういい。俺がする」と諦念《ていねん》の滲《にじ》んだ溜息をつかれたかしれない。申し訳なさと、うまくやれない歯痒さ、悔しさをバネにして、やっとなんとか秘書らしくなってきたと自他共に認められたのは、一年以上経《た》ってからだった。

佳人が辞めるとなれば当然後任を探さなくてはならない。具体的な相談は受けていないが、この話が出たときから遥もそのつもりで、人事について何かしらの考えを持っているはずだ。関連会社から適切な人材を引き抜いてくるとか、秘書業務の経験者を新たに採用するとか、ぼちぼち動きだす頃だとは思っていた。

だが、それにしても――。

佳人はあらためて目の前の若者を見た。

佳人より五センチほど背が高く、手足が長い。すらっとしてはいるが全体にしっかりと肉のついた体つきをしており、甘いマスクがいかにも女の子受けしそうだ。グループで活動している二十歳前後のアイドルたちに近い印象の、お洒落《しゃれ》な優男《やさおとこ》系といった感じがする。

この若者が自分の代わりに遥の秘書になるのだとしたら、あまりにも予想と違っていて、どう反応すればいいのかわからない。完全に意表を衝《つ》かれた心地だ。

「あ、俺、香々見《かがみ》。香々見潤《じゅん》です。黒澤社長には話を通してあるから、とりあえずご挨拶《あいさつ》に行ってこいって親父に言われて」

潤と名乗った若者は、佳人が引いているのを察したらしく、さすがにこれではまずいと感じたのか、少し口調を改めた。それでもまだ遊びにでも来たような気軽さは抜けていなかった。口の利き方一つ知らず、社会人経験皆無と思《おぼ》しい。

香々見という名字から、佳人はすぐに香々見商事を頭に浮かべ、結びつけた。黒澤運送の大口の取引先の一つで、つい先日、遥は香々見社長と会っている。そのとき、秘書を探しているなら息子を頼むというような話にでもなったのだろうか。

「黒澤に取り次ぎますので、こちらで少々お待ちいただけますか」

佳人は複雑な心境で二階に上がり、社長室でパソコンと向き合っている遥に潤の訪れを告げた。正直、この訪問を非常識だと感じていて、あまり好意的に見ていなかったが、遥の前ではそうした個人的な感情は出さないように自制した。

「香々見潤？　……ああ、来たのか」

どうやら遥もこの件は確定事項として承諾していたわけではなく、潤がこんなふうに突然訪ねてくるとは予測していなかったようだ。

最初こそ意外そうに目を瞠《みは》ったものの、すぐに表情を引き締め、佳人に指示する。

「ここに通せ」

あと一時間もしないうちに出掛けなければならない予定が入っているのだが、遥はおそらく、約束していないからといって潤を追い返しはしないだろうと佳人も予測していた。

潤に会えば、一般常識にいささか欠けるところがあるため、秘書として雇うのはどうかと慎重になるのではないか。いくら知人に頼まれたといっても、採用するのは難しいと判断すれば、遥は断るだろう。常日頃から遥の実利主義ぶりを目の当たりにしている佳人は、なんとなくそうなりそうな気がした。

決めるのは遥だから、よけいな口出しをするつもりはないが、そんなに焦《あせ》って後任を雇わなくてもいいだろうとは思う。佳人も余裕をみて、今年度中すなわち来年の三月までに引き継ぎを終えられたら、と考えている。時間はまだあるので、適切な人材をじっくり探したほうがいい気がする。

そうはいっても、詰まるところ自分は、誰が後任になっても手放しで歓迎することはできないのだろう。いかにも狭量《きょうりょう》で恥ずかしい限りだが、己の気持ちに嘘はつけない。佳人は認めざるを得なかった。

勤務中、遥と最も密接にかかわり、遥のために様々な便宜《べんぎ》を図り、能率的かつ快適に仕事ができるように尽くす。秘書業務は佳人にとって大変やり甲斐《がい》のある仕事だ。遥の性格や癖を誰より把握しているのは自分だ、という自負を佳人は持っている。公私混同するわけではないが、プライベートだけでなく仕事の上でも遥の傍《そば》にいて補佐役ができるのは願ってもないことで、そうした役回りに関しては誰にも引けを取らない自信がある。

できれば秘書を辞めたくない。だが、事業を始めたのなら中途半端なまねはするな、と遥は断固として言う。佳人にしても、片手間でやれるほど甘いものではないと承知しているし、協力してくれる人々の信頼を裏切りたくないので、失敗するわけにもいかない。これからは事業のほうに専念すると決意した。なにより、自分で何かしたいと事業欲を湧かせたのは、佳人自身だ。両立させられないならどちらを取るかは言わずと知れている。秘書を辞めたくないと感じるのはエゴだとわかっていた。

自分が今一番に考えなくてはいけないのは、遥が選んだ後任にできるだけ細やかな引き継ぎをすることだ。業務内容はもちろん、遥の習慣や癖なども教えられる限り教え、秘書が代わったからといって遥に不便を感じさせないようにしたい。そうすれば佳人も安心して辞められる。

潤を社長室に案内すると、遥はデスクを離れて応接スペースで潤と向き合った。

「話はお父上から聞いている。一度息子と会ってみてほしいと言われていたが、まさか今日来るとは思っていなかった」

案の定、遥は渋い顔つきをして無愛想に言う。

「あー、すいません……約束もせずに来ちゃって」

遥のきつい眼差《まなざ》しと、不機嫌そうな態度に気圧《けお》されたのか、潤はたちまち萎縮する。物怖じせずに気さくに振る舞っていたのが、みるみる身を硬くして畏《かしこ》まり、さもバツが悪そうに俯《うつむ》く。もじもじとソファの上で尻を動かす様が、いかにも居心地が悪そうだった。

最初の頃は佳人も、遥の醸《かも》し出すどこか怒っているような、頑《かたく》なでとりつく島のなさそうな雰囲気に緊張し、威圧されていたものだ。

強力なコネのある初対面の人間が相手でも、本来の自分を取り繕わず手厳しい遥に、佳人は安《あん》堵《ど》する。無理をして意に染まぬ選択をする必要はない。予想したとおり、だめならだめと遥ならきっぱり断るに違いないと確信した。

佳人はいったん社長室を出て、一階の給湯室にお茶を淹《い》れに行った。社長室の一角にもパーティションで仕切られた簡単なお茶淹れ場が設《もう》けられているのだが、佳人が席を外したほうが遥も潤と話がしやすいのではないかと気を回した。
七、八分ほどしてお茶を載せた盆を手に戻ってみると、二人は早くも打ち解けた様子で和《なご》やかに会話していた。
遥の手元には履歴書が二つ折りの状態で置いてある。持ってきていたのか、と失礼ながら佳人は意外に感じてしまった。履歴書には正面を向いた写真もちゃんと貼ってある。茶髪は茶髪で、

服装もフード付きのトレーナーではあったが、形式は整っている。お茶を出すとき、つい目が行って見てしまったのだが、字もそこそこ綺麗《きれい》で、想像とはだいぶ違っていた。人を見かけで判断してはいけないと反省する。

「乗馬サークルか。俺がいた頃はそんなのはなかったな」

「俺が入ったとき創設されて四年目だったんで。月に二回、都内の馬術クラブのお世話になって練習してました。たいてい土日や祝日にやってたんで、帰りは皆でわいわい飯食いに行くんです。中にはナンパ目的のやつもいましたね」

「ほう。きみもか？」

「えっ、いや、俺は馬が好きだから入ってたんですよ、もちろん」

遥に突っ込まれた潤は、慌てて手を振り、とってつけたような返事をする。なんだかいかにも言い訳がましくて、佳人は胸の内で苦笑した。

話してみた限り潤は人は悪くなさそうなのだが、とにかく口調がぞんざいで礼儀を知らないのが佳人にはどうしても気になる。佳人の性格からして、そうした態度はこの場合あり得ないと感じてしまい、受け入れ難《がた》かった。

どうやら二人は大学の先輩後輩の間柄《あいだがら》になるようだ。

遥の大学時代といえば、佳人は否応もなく当時付き合っていた女性を脳裡《のうり》に浮かべる。それには、遥が実の弟と縁を切る原因になった彼女に対する暴行事件や、その後の弟の事故死という痛ましい出来事が絡んでくるため、遥にとって決していい思い出ばかりではなかったはずだ。

潤が屈託なく口にする話から、遥が辛い気持ちをぶり返すようなことにならなければいいのだが、と佳人は心配した。彼女とはすでにケリがついているし、亡くなった弟に対しても徐々に気持ちを解していきつつあるようなので、佳人が気を揉《も》む必要はないと思うのだが、どうもこの件に関してはナーバスになりがちだ。遥と元彼女のことでは、佳人も辛い思いをした。できれば忘れてしまいたいし、勝手な願いだが、遥にもあまり思い出してほしくなかった。

「それで、大学卒業後は就職もせずに何をしていた？」

遥はずけずけと皮肉な物言いをする。かといって、潤が気に入らないわけではなさそうで、目に面白がっている色合いが浮かんでいた。

お茶を出し終えた佳人は、いつものとおり自分のデスクについた。

遥がここに来客を通すときは、佳人にも話を聞かせていいと思っているときだ。そうでないときは、隣の応接室を使う。

本来なら佳人は下で書類整理の続きをすべきなのだが、べつにそれは急ぐ仕事ではなかった。それより遥が潤をどうするのかが気になる。佳人自身にも関係のある話なので、この場を離れにくかった。

「いちおう就職活動はしたんですけど、どこも内定取れなくて」

潤はてへっと媚《こ》びるような笑みを見せて答える。

「親父の会社には兄貴がいるし……あ、俺と兄貴、めっちゃ仲悪いんですよ。どうせ継ぐのも兄貴だから、俺は俺で仕事を探せって言われてたんですけど、なかなかこれはという就職先が見つからないいんですよね。そしたら、一昨日だったかな、親父が黒澤運送の社長に話をつけてきた、って……」

「見るからにアルバイトの経験もなさそうだが」

遥は潤のだらだらとしたお喋《しゃべ》りを遮り、冷ややかに言う。

「家庭教師なら二、三度やったことがあります」

「なるほど」

潤が張り切って答えても、遥はそっけなく相槌《あいづち》を打つだけだ。

遥と同じ大学出身というからには、勉強はできるのだろう。

働いた経験という意味では佳人も皆無だった。秘書になる前に事故係という別の職務に就いてはいたが、それもせいぜい二ヶ月程度の短い期間だ。それでもなんとか秘書としてやってこられたのだから、佳人にできて潤にできないとは思わない。

果たして遥はどうするのか。

デスクでスケジュールのチェックをしながら耳を欹《そばだ》てていたところに、ブーッと内線が鳴った。一階の事務の女性からで、整理途中の書類の中に急いで確認したいものがあるので、ファイルを触っていいか、とのことだった。

下手に未整理の書類に触られると後が大変なことになりかねず、佳人は後ろ髪を引かれる思いで社長室を出た。

下で事務の女性が必要だという書類を探してやって、さらに仕事上の相談も受けて一緒に考えているうちに、二階から潤と遥が下りてきた。

「それじゃ、明日からよろしくお願いします」

「遅刻するなよ」

二人の遣り取りを聞いて、佳人は軽く衝撃を受けた。

潤が社屋を出て行ってから遥に聞く。

「彼がわたしの後任、ですか?」

「そうだ」

遥は佳人の顔をちらりと一瞥して短く答えると、腕時計を見た。

「そろそろ時間だ。少し早いがもう出る」

すでに遥は作業服の上着を、スーツのジャケットに替えてきていた。そのつもりで社長室を出てきたのが明らかだ。

佳人は運転手の中村《なかむら》に社用車を回させて、遥を見送った。

今日はもうこのまま遥は直帰だ。中堅の運送業社で作っている組合の会合に出席したあと、懇親会を兼ねた飲み会がある。場合によっては、帰宅はかなり遅くなるだろう。

潤を雇うことに決めた理由を聞きたい気持ちと、遥が決めたのだから佳人は黙って受け入れるべきだ、と自戒《じかい》する気持ちが交錯する。

いずれにしても、明日からは潤が佳人の後任として勤め始める。

佳人は一抹《いちまつ》の寂しさと、すっきり納得できない不満のようなものを湧かせ、溜息をついた。

*

翌日から潤は社長室預かりという身分で黒澤運送に勤務するようになった。

初出勤日、潤はいちおうビジネススーツを着てきた。普段まったく着慣れていないのが傍目《はため》にもわかるほど体に馴染んでおらず、本人も違和感があるのか、サイズは合っているにもかかわらず窮屈《きゅうくつ》そうだ。着ているというより、着られているといった感じがする。

「これ、昨日あれから慌てて買いに行ったんですよ、親父に言われて。いくらなんでもリクルートで使っていたスーツじゃあんまりだろう、ってことで」

人懐っこくて誰とでもすぐに打ち解ける性格らしい潤は、前からの知り合いだったかのごとく親しげな調子で佳人に話す。

「俺、運送会社って作業着の制服があると思ってたんですよね。だから通勤は適当な格好でいいんだとばっかり思ってて。そしたら親父から、馬鹿、おまえは社長の傍で事務をするんだぞ、って怒鳴られて」

いささか考えの足りないところはあるものの、開けっぴろげで裏表がなさそうな性格は微笑ましい。しかし、佳人はどうしても手放しで潤を好意的には見られず、そんな自分の心の狭さに早くも嫌気がさしつつあった。

佳人はどちらかというと几帳面なほうで、たとえば待ち合わせをすれば約束の五分前にはその場に着くように考えて行動するタイプだ。

潤はそうではないらしく、就業開始時間ギリギリに事務所に飛び込んできて、十分前からピロティで行われているラジオ体操と朝礼に間に合わなかった。

たまたま遥は朝礼の前に得意先との打ち合わせに出ていた。

「でも、遅刻にはならないんですよね」

そう言って、空気も読まずに悪びれない態度で舌を出す潤に、従業員たちは戸惑いの眼差しを向けるばかりだった。

後で佳人は、やはり朝現場に直行していて九時半に社に顔を見せた事故係の柳《やなぎ》係長から、

「そういうときは、指導係のおまえがビシッと言ってやるもんだ」

としょっぱい顔で苦言を呈《てい》された。面倒見がよくて仕事に対して真摯《しんし》な柳は、新人が初出勤日からさっそく遅れてきたと聞き、見過ごしにできなかったようだ。

「いくら社長室預かりのコネ入社だからって、遠慮する必要はないんだぞ」

「はい」

べつに遠慮しているわけではないのだが、人を指導する立場になるのは初めてで、佳人も要領がわからずまごついてしまう。

「服装はそれで問題ないけれど、朝礼に間に合わないのはまずいね」

佳人は柳係長の言葉に従い、潤にやんわりと注意した。

「あ、はい、はい。明日はちゃんと早く来ます」

返事は素直だが、なんとなく物言いが軽いので、適当にあしらわれている感が否めない。

今後なお改められないようであれば、そのつど注意する。とにかく根気よく言い続けるしかないと思った。

初日の午前中は社屋内の案内と、社則や服務規程の確認、そして黒澤運送が行っている業務内容をレクチャーして終わった。

「午後からは秘書業務に関する具体的な内容と、主な取引先やお得意先について教えるから。お昼は一時間。基本的には正午から午後一時までだけど、社長の予定次第ではずれることもあるので、そこは踏まえておいて」

「わかりましたー」

語尾は延ばさない、と注意すべきかと思ったが、いちいちうるさく言うのも煙たがられるだろうかと躊躇《ちゅうちょ》して口にしないでおいた。どうもそのあたりの加減が今一つ摑めない。今まで後輩の面倒など見たことがないので、すべてが手探り状態だ。遥が不在のときは佳人一人で何事も判断しなければならず、こんな感じでいいのだろうかと迷ってばかりだ。せめてもの救いは、潤があっけらかんとしていて、小言を言っても根に持たない性格らしいことである。

「久保さんはお昼外に出ないんですか」

「おれは今日はデリバリーを頼むから」

午前中、潤にかかり切りになっていた間に溜まった本来の秘書業務を、昼休み中に少しでも片づけておきたい。建前はそれだったが、本音を言えば、昼まで潤と一緒に行動するのは気が進まなかった。潤のほうは佳人に近くの美味しい店を教えてほしそうにしていたが、断ったら断ったで「そうですか。じゃあ、俺一人で行ってきます」とあっさり出ていった。

よくも悪くもドライで個人主義、いかにも今風の若者という感じだ。六歳の差は小さくないと思うと同時に、自分が二十三の頃はどうだっただろうと考えて、比べようのなさに溜息が出る。

その歳のときの佳人は大学院生で、香西組《こうざいぐみ》の親分の囲われものだった。自分の自由になることなどおよそ何もなく、住まわせてもらっていた組長の本宅と大学とを往復する以外、ほとんど外に出ることもない暮らしをしていた。通学時にも目つきの鋭い組員に抜かりなく監視された状態で、移動は見るからに怪しげな黒塗りの外国車だ。香西はわざとそうして、佳人に己が誰のものか思い知らせ、なおかつ周囲も牽制《けんせい》していたのだと思う。

佳人がヤクザと関係のある人間だということは大学中に知れ渡っており、修士課程まで六年通ったが親しく口を利いてくれる学友は一人もできなかった。常に遠巻きにされ、勝手な憶測であることないこと噂され、陰口を叩かれていたらしい記憶しかない。皆、判で押したように、佳人と目が合うとギョッとしたように顔を引き攣《つ》らせ、卑屈《ひくつ》な作り笑いを浮かべるか、気まずげにそっぽを向くといった反応をした。それに対し、佳人は当時、無感情、無感覚になってやり過ごすことだけ考えていた。香西の許に来る前まではごく普通の高校生だったのだが、環境の劇的な変化と共に、その頃の自分がどうしていたのか、佳人はあえて忘れるようにしてきた。覚えていると辛さが身に染みるばかりで、現実を受け入れにくかったからだ。

もしもあのまま、ヤクザとかかわることなく平々凡々に大学を出て就職していたら、自分も潤とたいして変わらない二十三歳だった気がする。

潤を見ていて妙に面映《おもは》ゆかったり焦《じ》れったかったりするのは、佳人自身がなり得なかった、もしもという仮定の自己を、無意識のうちに潤に重ねてしまうからなのかもしれない。

デリバリーの弁当を十分で食べ終え、仕事を進めていると、一時前に遥が外出先から帰社した。

「なんだ、おまえ一人か。香々見はどうした？」

社長室のドアをノックと同時に開けるやいなや、遥は佳人にせっかちに聞く。

「お疲れ様です。香々見くんは一時までお昼の休憩中です」

「朝礼に遅刻したそうだな」

遥は脇目も振らずに大股で社長室を横切りつつ、顰《しか》めっ面で言う。機嫌はよくなさそうだが、遥はめったに声を荒げることがなく、失態を犯した者がいても冷静沈着に対処する。感情的にならない分、実際にどの程度怒っているのかわかりづらく、かえって恐ろしいと兢々《きょうきょう》とする従業員も少なくない。佳人にすら、遥が何を考え、どんな気持ちでいるのか摑めないときがあり、今もまたそうだった。

「すみません。明日からは八時五十分までに出社するよう、念を押します」

「ちゃんとやらせろ」

潤が不出来なのは指導する立場の佳人の責任だと言わんばかりの態度を取られ、そうかそういうことになるのか、といっそう気を引き締める。潤に快くなく思われるよりも、遥に失望されるほうが佳人にはよほど痛い。

遥はスーツの上着を着たまま執務机につくと、『至急』の付箋《ふせん》が貼られた書類に片端から目を通し始めた。

遥が予定より早く引き揚げてきたのは、お昼を食べる時間を取らなかったからに違いない。一時半には来客がある。その後、グループ内企業の通販会社と消費者金融会社に行くことになっており、今日はいつにも増してスケジュールが過密だ。のんびり食事をしている暇があったら、急ぎの書類にだけでも目を通したいと考えるのは、いかにも遥らしい。それならそれで、遥の体を気遣い、仕事に支障を来さないようにどうにかするのが、秘書である佳人の役割だ。

佳人はコーヒーを淹れると、真剣な表情で書類に集中している遥の邪魔にならないようにカップを置き、席に戻った。

一時半に訪れるのは、とあるアパレルメーカーの物流担当部署の責任者だ。いちおう一時間枠を取っているが、話が長くなりがちな人物なので、それより早く切り上げる可能性は低いだろう。後の予定を考えれば、移動中に車内で摘《つま》めるものを用意したほうがよさそうだ。

ときどき利用している手作りサンドイッチの店に電話して、二時過ぎに取りに行くので、ロールサンドイッチのランチボックスを一つ作っておいてくださいと注文する。ロールサンドイッチは一本一本ラップで包んであって手を汚さずに食べられ、こういう場合にもってこいだ。

遥は食べるものに凝《こ》るときと無頓着《むとんちゃく》なときとの差が激しい。仕事中はたいてい後者だ。何か適当に買ってきてくれ、と言うときは、本当に何を買ってきても文句を言わない。逆に美味しい顔をすることもなく、機械的に口に入れて咀嚼《そしゃく》するだけだ。それでいて、休日には家で蕎麦《そば》を手打ちするほど凝り性なのだから、人はわからないものである。

薄々予感していたが、案の定、潤は一時になっても帰ってこなかった。

時計の針が五分を回ったとき、遥が書類を決裁済の箱に投げ入れるついでに、剣呑《けんのん》な眼差しでジロリと佳人を睨《にら》む。

佳人もまた、潤の携帯に連絡して今どこにいるのか問い質《ただ》すべきか、と考え始めていたところで、またしてもしくじった気分になる。

電話をかけて呼び出し音が鳴るのを聞いていると、ノックもなしにいきなりドアが開き、

「ただいま戻りました！」

と潤が悪びれた様子もなく社長室に入ってきた。

「今、きみの携帯に電話をかけていたところだ」

さすがに佳人もムッとして声が硬くなる。

「あれっ、本当だ」

スーツのポケットに手を入れて、無音で着信ランプを光らせているスマートフォンを取りだし、不思議そうな顔をする。

「これ、取ったほうがいいんですか？」

「取らなくていい」

そっけない語調に、潤も雲行きの怪しさを感じたらしく、バツが悪そうに視線を逸《そ》らす。

「時計、持っているよね？」

「……持って、ます」

潤はじわじわと腕を上げ、手首に嵌《は》めた高価そうな時計を見せる。日頃し慣れていないのがぎこちないしぐさに表れていて、父親が就職祝いに贈ったものなのだろうと推《お》し量られた。

「時間にルーズなのは秘書として云々《うんぬん》以前に、社会人としてどうかと思うけれど」

「えーっと。この近く、あまりいい店がなくて。やっと一軒よさそうなところを見つけたら、そこ、すごい並んでて……」

「理由はともかく、遅れそうだと思ったら連絡すること。わたしがいる間はわたしに。一人で業務をこなすようになったら社長に」

「えっ、いや、それは」

「わたしには言えても社長には言えないと思うなら、それは何があっても避けるべき事態だということでは？」

佳人がぴしゃりと言ってのけると、潤は「はぁ」と首を竦《すく》めて頷いた。

どうやら潤も遥のことは恐れているようだ。雑談をしているときはそれなりにざっくばらんでも、いざ仕事となると遥はガラッと雰囲気が変わる。遥の仕事に対する厳しさや怖さは肌に感じているのか、こうして佳人と話していても、ちらちらと遥を気にしている。

「すみませんでした。社長がもう戻られているとは知らなかったので」

「そういうことを言っているわけじゃない」

佳人は特別怒りっぽいほうでも気が短いほうでもないつもりだが、潤と話をしているとしばしば噛み合わなくて苛立《いらだ》つ。

潤を見ていると、元々真剣に職を探していたわけではないんだろうな、と溜息が出る。大学三年の頃から就職活動はしていたらしいが、佳人が院まで出ていると知ると、自分も行けるものなら行きたかったと言っていた。かといって、院でも特にやりたいことがあるわけではなかったようだ。結局就職も進学もし損ねたが、この際しばらく自分磨きをしながらじっくり今後について考えようと思っていたそうだ。それなのに親父が急に仕事を見つけてきてくれて、と冗談交じりではあったものの、ありがた迷惑そうにしていた。

これでは本人に働きに来ているのだという意識が低いのも道理のような気がする。

木曜日の夜、貴史《たかふみ》と久々に会って食事をしたとき、佳人はこの三、四日の出来事を差し障《さわ》りのない範囲で話し、「ちょっと疲れています」と正直に白状した。

「自由奔放《ほんぽう》に甘やかされて育った過保護なお坊ちゃん、ってところですか？」

貴史は悪意など微塵《みじん》も感じさせない爽やかな口調でずばりと言う。

「だけど、珍しいですね。佳人さんの口から弱音が出るなんて」

「からかわないでください。おれがそんなに強くないの、貴史さん知っているでしょう」

気の置けない者同士、二人で会うときは、お互いアルコールに耐性が低いにもかかわらず、たいてい酒を飲む。飲んで、酔って、ついうっかりと本音を洩らしてしまっても、話が外に出る心配は絶対にない。そうした信頼関係が二人の間には確固として築き上げられており、これまでにも様々な悩みを打ち明けたり相談したりし合ってきた。佳人にとって貴史は生涯大事にしたい友人だ。貴史にも同様に思ってもらっているなら光栄である。

「そうですね……佳人さんはすごく芯のしっかりした人だと思いますが、環境が変わることに対しては少しだけナイーブかもしれないですね」

貴史は佳人の顔色を窺《うかが》いつつ、慎重に言葉を選ぶようにして話す。もしも気分を害させたならすみません、と誠実な眼差しが佳人を気遣ってくれていた。

言われてみればそうかもしれない。佳人は貴史に指摘されて、頷かざるを得なかった。

「確かにおれは、今まで培《つちか》ってきたことが無に帰すような感覚を味わうのが苦手というか、恐れてしまうところがあるようです」

たとえそれが次のステップに行くために必要な変化だったとしても、身構え、先への期待と等しく慣れ親しんできたものを手放す不安に駆られる。

「遥さんと一緒にいるようになってからは特に。昔は、先も見えないのに無鉄砲に飛び込んでいくようなまね、結構していたんですけどね」

なりふりかまわず香西の許に直談判《じかだんぱん》しに行ったことが一番に脳裡を過《よぎ》る。あの時はむしろ、現状を変えなくては、という一心だった。今はそれより現状を維持したい気持ちや、保身のほうが先に立つ。

「それだけ佳人さんにとって遥さんと築き上げてきた世界が大切だってことじゃないですか。佳人さんは前にも一度、本意ではなく遥さんとの関係を大きく見直さなくてはいけない事態に見舞われたことがあったから、その時の辛かった思いが少なからず影響している気がします」

「ああ、それはありますね」

ちょうど一年前、佳人は身を切られる思いで、遥の許を離れて新しい人生を歩む決意をした。

変わらずにいたかったが、変えなくてはいけないと己に言い聞かせての、苦渋の決断だった。幸い、その後また状況が変わって一時的な別れですみ、今はまた元通り一緒に暮らせるようになったものの、渦中にいる間は精神的にかなり追い詰められていた。忘れようと思っても、そう簡単には忘れられない苦い思い出だ。

「あの時と比べたら、今のこのもやもやした気持ちなんか、子供の駄々《だだ》と同じですね」

佳人は当時の心境をオーバーラップさせ、我に返った心地がした。

自分の甘ったれぶりや情けなさを笑える余裕が生まれ、少し気が楽になる。

「僕は正直、佳人さんはずっと秘書として、内助《ないじょ》の功《こう》というか、縁の下の力持ち的に遥さんを支えていくのかなと思っていたんですけど、僕が想像していたよりも佳人さんは攻めの人だったんだなぁと見る目が変わりましたよ」

貴史は佳人に、揶揄《やゆ》ではなく純粋に興味を抱いているのが感じられる視線を向け、率直に言う。見た感じは穏やかで控えめな印象が強く、実際非常に礼儀正しくて優しい人物だが、自らの意見をきちんと持っていて、友人同士ただ馴れ合うだけではなく時にはピリリと辛口になるときもある。視野が広く、常に公平なものの見方をするよう心がけているのが感じられ、佳人は何度となく貴史に助けられ、励まされてきた。さすがは弁護士、弁が立つ、と感心することがたびたびあった。

「自分でもちょっと意外でした。あ、おれ、やりたいことがあるんだ、と気づいたら、とりあえずやってみないと後悔しそうだったんでやることにしたんです。遥さんも応援してくれたし」

「ええ。なんていうか、そこがお二人の関係の素敵なところだなぁと僕は思います。お互い信頼し合っているから、相手を縛らない。余裕がある。遥さんって、案外焼きもちやきみたいなのに、そういうところは潔《いさぎよ》いっていうか、懐《ふところ》が深いですよね」

「昔はそうでもなかったんですよ……」

佳人は照れくささに睫毛《まつげ》を瞬かせた。急に酔いが回ってきたかのごとく顔が熱くなる。

「完全に相手の気持ちが自分から離れない自信ができたから、今みたいないい関係になれているんじゃないですか。遥さん、あんまり表情を変えないからわかりにくいけど、いつも佳人さんのこと気にかけているのが伝わってきます。こう、さりげなく横目でちらっと佳人さんを見るときの目に独占欲がしっかり表れていて。決して手放しで佳人さんを好きにさせているわけでもないんですよね」

「おれのためを思っていろいろしてくれているんだな、というのは疑っていません」

だとすれば潤を雇い入れたのも遥なりに考えがあってのことなのか。佳人は自分で言っておいて、あらためてそう思い始めた。

どれほど重要な取引先に頼まれたとしても、まったく眼鏡に適《かな》わない相手を嫌々受け入れるのは遥らしくない。面接してみて、これはもう箸にも棒にもかからない、成長する見込みもないと思ったら、断っただろう。

「社会人としては正直かなり意識が低いなぁと思うんですけど、注意すれば素直に聞くし、次からはちゃんとしようという意気込みは感じるので、全然だめというわけでもないんですよね。自分も最初は右も左もわからなかったし」

「そうなんですか？　でも、佳人さんは礼儀作法はきっちりしていたでしょう？」

「香西組は組長が昔気質《むかしかたぎ》のヤクザで、礼節を重んじる傾向が強かったので、上の人間が下の人間を厳しく指導していました。それを端で見てきたおれも無意識のうちに教えられていた気がしますね」

「僕はいつも思うんですが。人はどんな環境に身を置いていても、本人の意識次第で何か得ることはあるんだなぁと。佳人さんは特にそれがうまい人だという気がするんです」

「えっ、いや、おれは、そんな大層なものじゃないですよ」

佳人は思いもよらない褒め方をされて恐縮する。

「おれはどちらかといえば楽天的なんだと思います。なるようになると根拠もなく構えていて、ときどき後先考えずに突き進むし、もうそこでなんとかやっていくしかないとわかったら、郷《ごう》に入《い》っては郷に従え的な開き直り方をするし。最終的に自分一人が責任を負えばすみそうなことに関しては、たいていそうですね」

これまで取ってきた行動を振り返ってみると、我ながら大胆だった、と思うことが数知れずある。

「だけど、結局はそうやって経験してきたことが血肉になっているのは否めない気がするので、貴史さんの言うとおりかもしれません」

貴史は穏やかな目つきで佳人を見つめ、頷く。

「遥さんはそのちょっと非常識な新人くんを佳人さんに任せることで、新人くんはもちろん、佳人さん自身にもプラスになると考えたんじゃないのかな」

「それなら、おれも気持ちを入れ替えて彼と向き合わなきゃいけないですね」

貴史の意見を受けて、佳人は神妙な気持ちになった。

遥はこの件については自宅でもいっさい話そうとしないため、佳人の不満と不安は日に日に膨《ふく》らむ一方だった。遥の真意がわからない。説明を求めて食い下がったところで無駄なのは明らかだ。何も言う必要はないと、全身に拒絶オーラを纏いつかせている。元より、仕事の話を家にまで持ち込むこと自体、遥は日頃から嫌っていて、佳人も避けるようにしている。

「遥さんの気持ちを変に深読みせず、佳人さんはいつもどおりに佳人さんらしく振る舞えばいいのでは。べつに遥さんは、佳人さんを早く辞めさせたくて、その新人くんを雇ったわけではないと僕は思いますよ。コネで舞い込んだ急な話には違いないでしょうが、新人くんと面談してみて、これもなにかの縁だと感じたから採用することにしたんじゃないですか」

「やっぱり貴史さんもそう思いますか」

佳人も今し方、遥はごり押しされたくらいで意に染まぬ選択をする男ではない、と思ったばかりだ。貴史も同意見だと知って自信が増した。

「思いますよ。遥さんにはきっと何か考えがあるはずです。こう言ってはなんですが、遥さんは冷徹非情な一面を持つ遣《や》り手の実業家です。義理や情に雁字搦《がんじがら》めになるような不手際はそうそう犯してないでしょう。新人くんの件も、断ろうと思えばいくらでも断ることができたと思います。それでも受け入れたのは、ちゃんと育てればものになると踏んだからですよ」

貴史は迷うことなく言い切った。

静謐《せいひつ》で穏やかな瞳に頼もしさを覚え、佳人は大いに力づけられた。たとえ愚痴《ぐち》を言うだけで終わったとしても、貴史に聞いてほしいと思い、今夜会ってくださいとメールしてよかったと噛みしめる。貴史のような友人がいてくれることに、つくづく感謝する。

「今後は佳人さんも人を使う立場になるかもしれないんですから、部下を持つ経験はしておいたほうがいいですよ。僕なんか、イソ弁時代に下っ端のままで独立したので、今まさにその問題で四苦八苦しています」

「あ、そういえば、貴史さんのほうは夏頃入った弁護士さん、どうなりました？」

つい自分の話ばかりして申し訳なかったと反省しつつ、佳人は遅ればせながら聞いてみた。

「それが、今月いっぱいで辞めたいと言われてまして」

貴史は面目なさそうに苦笑する。

入所してまだ三、四ヶ月しか経たないのに、もう、と佳人は驚いた。

「やむにやまれぬ事情ができたとか？」

「いいえ、そういうわけではないようですよ。元々大手の総合法律事務所を希望している人なので、うちが引き受けるような離婚調停とか相続問題のような細々した案件が件数ばかり多くて忙しい事務所には嫌気がさしたみたいです。本人からもそれに近いことを言われました。大手と比べたら給料も安いですし、まぁ、仕方がないですよね」

貴史はいっそさばさばした様子で屈託なく言うと、「すみません、同じものをもう一杯」と通りかかった居酒屋のスタッフに梅酒のロックが入っていたグラスを示す。

「おれは紫蘇《しそ》焼酎のロックを一つ」

佳人も手元のグラスを空けて追加オーダーする。

店に入ってかれこれ一時間近く経つが、二人してこれが二杯目の注文というローペースだ。串揚げや出汁巻き卵、野菜サラダなどに箸を伸ばしながら話を続ける。

「これから年末にかけて忙しくなる時期に、弁護士が貴史さんだけになったら大変なことになるんじゃないですか？」

「そうですね」

弱っています、と貴史は口ほどには堪《こた》えていなそうな快活な調子で言う。たいていのことには動じない貴史らしい返事で、佳人は眉間に寄せた皺《しわ》を解く。

「まぁ、なんとかなりますよ。仕事が途絶えないだけ僕は恵まれていますしね」

「なんだか貴史さんと話していると、おれまで気持ちが大きくなって心に余裕ができてきましたよ。やっぱり今夜貴史さんと会えてよかった」

佳人の言葉に貴史はにやりと揶揄するように唇の端を上げた。

「もしかして、今夜もまた遥さんを僕のよく知る誰かに連れ出されましたか？」

東原《ひがしはら》のことだ。

「いえ、違います」

佳人は軽く咳払いをすると、手元に来たばかりのロックグラスを持ち上げる。

「仕事です。クロサワグループ各企業の代表取締役会に出ています。会議後は宴会に入るので、帰りは十時過ぎだろうと言ってました」

「そうですか。じゃあ、今夜はお互いやきもきせずにすみますね」

さらっと言って悠然《ゆうぜん》と微笑する貴史は、今やすっかり東原の手綱《たづな》を握っている感がある。

東日本最大規模を誇るヤクザ、川口組《かわぐちぐみ》の次期組長候補とされている男を惚れさせているのが、いかにも常識的で堅そうな若手弁護士だと知ったら、世間はさぞかし驚くだろう。

そんな東原に気に入られ、義兄弟か何かのごとく可愛がられている遥もまた、佳人からしてみると類《たぐ》い稀《まれ》な資質と魅力を持つ男だ。

遥に好きになってもらえた自分自身を、佳人は誇りに思う。

出会えてよかった。何があっても遥の傍を離れないと誓った気持ちを、常に忘れずにいようと、ことあるごとに胸に刻み込む。

「さっき貴史さんがおれに言ってくれたことを念頭に置いて、新人の彼が秘書として一人でやっていけるようになるまで、おれもできる限りのことをしますよ」

「それでいいと思います」

貴史は新しい梅酒のグラスを持ち上げて、佳人のグラスにカチッと触れさせてきた。

「話を聞く限り、その新人くんを一人前にするのはなかなか手強そうですが、誠意を持って接すれば気持ちは伝わると思いますよ。持ち前の辛抱強さで乗り切ってください」

「それでも、どうしても愚痴が言いたくなったら、また貴史さんを呼び出すかもしれないですよ」

「望むところです。佳人さんがくだを巻くところを見られるのは、たぶん僕一人なんだと思うとかえって光栄です」

確かに、そんな姿は遥にも晒《さら》したことがない。

佳人は親身になって寄り添ってくれる貴史の友情にしみじみ感謝した。

「ところで、佳人さんが始めたインターネットショップ、開業してそろそろ一ヶ月半になりますが、うまく軌道に乗せられそうですか？」

「おかげさまで当初の見込み以上の売り上げが上がっています。作品を委託してくださっている陶芸作家さんたちにも喜んでもらえて嬉しいです。大口叩いておれに任せてくださいと説得して作品を預からせてもらった手前、結果を出さないと信頼を裏切ることになるでしょう。それが一番怖かったし、不安だったんです。今でももちろんその気持ちは持ち続けていますけど、とりあえず、サイトを開いたはいいもののまったく反響がなかった、という憂《う》き目にだけは遭《あ》わずにすんでホッとしています」

佳人が話すのを貴史は真剣な表情で聞いてくれて、話の節々で神妙な相槌を打つ。

「好調な滑り出しでなによりです。最初の摑みは大切ですよね」

「目新しさが薄れてきた頃からが本当の勝負になると考えています。気を引き締めていかないと、今から緊張してるんですよ、おれ」

「だったらなおのこと、それまでに新人くんに秘書業務をうまくバトンタッチできれば、佳人さんも事業のほうに安心して専念できますね」

「……そうなれば、ベストなんですが」

果たしてあと一月か二月の間に、遥の秘書を完全に任せられるよう潤を指導できるのか。そうしようという気概《きがい》はもちろんあるのだが、現実問題として可能かどうか正直心許なくて、佳人の返事は鈍くなる。

自分自身が何かを成し遂げるために努力する分には自信があるが、努力するのが誰か他の人間で、自分はそれを励まし、尻を叩く立場となると、勝手が違う。その気のない人間に発破《はっぱ》をかけてゴールまで追い立てる難しさは、想像にかたくない。考えただけで気が滅入《めい》りそうだった。

「皆応援していますよ」

貴史はにっこり笑って佳人を奮起《ふんき》させるように言う。

「もちろん遥さんも、きっとですよ」

最後はやはりその言葉が一番効いた。

「ありがとう、貴史さん」

佳人は躊躇《ためら》いを払いのけ、腹を据えてしっかりと返事をした。

2

山岡《やまおか》物産の三代目社長、山岡高俊《たかとし》がアポイントもなしにふらっと訪ねてくるのは、ままあることだ。山岡と遥はほぼ同年輩で、性格は全然違うのにどこか似た者同士といった感があり、本人同士もお互い意識し合っているようだ。仲がいいのか悪いのかわからない微妙な関係で、傍で見ていて興味深い。佳人に確信を持って言えるのは、どちらもいずれ劣らぬ有能な経営者だということだ。

「秘書、辞めるんだって？」

山岡は応対に出た佳人の顔を見るなり、挨拶よりも先に言う。

「相変わらず耳が早いですね」

おそらくもう知られているだろうとは思っていたが、案の定で、佳人は苦笑するしかない。潤が黒澤運送に勤め始めてまだ一週間と経っていないというのに、すでに山岡は潤を雇い入れた経緯まで把握しているようなしたり顔でにやついている。

「まだいつと決まったわけではありませんが、遠からず辞めることになりそうです」

「なんだか奥歯にものが挟まったような言い方だな。きみらしくない」

山岡は揶揄する眼差しを佳人に向けてくる。

昨日、貴史と会って酒を飲みながら話をし、少しは気持ちの整理がつきはしたものの、まだ完全に割り切れたわけではない。つい先ほども、遥が佳人の代わりに潤を連れて車で出掛けるのを見送ったが、自分の居場所を取られたような寂しさを感じて、未練や迷いを払拭しきれず、胸がもやもやした。

頭では早く気持ちを切り替えなければと思っていても、実際はなかなか考えるとおりにはいかない。遥を間に挟んで潤と取り合いをしているような感覚になることがしばしばあって、そのたびに平静でいるのが難しくなる。たぶん、そんなふうに感じているのは佳人一人で、遥は先を見据えて少しでも早く潤を慣れさせようとしているだけであろうし、潤に至っては言われたとおりにしているだけで個人的な感情は皆無なのが、いかにも何も考えていなそうな態度から推し量れる。勝手に空回りしていることは、佳人にもわかっていた。わかってはいても、心が乱れるのを止められなくて、歯痒い。

そうした複雑な心境を、勘のいい山岡に看破《かんぱ》されている気がして、じっと顔を見据えられると心地が悪かった。

「辞めると言ったのを、舌の根も乾かないうちに後悔しているとか？」

「そんなことはありません」

遠慮なく突っ込んでくる山岡を早くも持て余しつつ、佳人は精一杯虚勢を張って、きっぱりと否定する。山岡がこの状況を面白がっているのがわかり、付け入る隙を見せたくない気持ちが働いた。

山岡は遥と佳人の間にちょっとしたさざ波が立つのを高みの見物するのが愉《たの》しくて仕方ないらしい。ただし、二人の関係が壊れればいいとまでは思っていないようで、本当に危機的な状態に陥《おちい》っているときには、佳人を真剣に心配し、鼓舞《こぶ》しに来てくれる。

佳人も遥同様、結局山岡に一目置いていて、ちょっぴり迷惑だと感じるときもありながら、付き合いを続けること自体はやぶさかでなかった。

「せっかくお越しいただいたのに申し訳ありませんが、黒澤は不在ですよ」

「ああ、べつにいいんだ。今日はきみの顔を見に寄っただけだから」

「おれですか」

山岡の酔狂《すいきょう》は今に始まったことではない。山岡物産という、業界では名の通った老舗《しにせ》企業の社長でありながら、いつも暇を持て余した様子であっちこち彷徨《うろつ》き回っているふうだ。その気になれば食事や睡眠をそっちのけにして一日中仕事に没頭している遥とは正反対のタイプで、部下に任せられるところはすべて割り振り、いかに自分は体を空けておくかを考えているように思われる。秘書なんて必要としたことがないと、山岡が遥に得意満面で嘯《うそぶ》くのを、佳人は傍《かたわ》らで聞いたことがある。

これで山岡が単に怠け者の、一族が筆頭株主である持ち株会社の社長に世襲で就任しただけの男なら、遥も端《はな》から相手にしなかっただろう。だが、山岡は自分の代になって不況をものともせずに業績を伸ばしてみせた、社内ではもちろん社外からの評価も高い遣り手の経営者だ。遥になにかとかまうのは、競うのにもってこいの張り合いのある相手だと見なしているかららしい。遥もまた、絡まれるたびに不愉快そうにしながら、口で言うほど山岡を嫌っているふうではない。

「コーヒーを一杯飲ませてくれたら帰るよ。あそこでいいからさ」

山岡は遠慮する気配もなしに受付の横にある商談用のスペースを指さす。

明らかに暇潰しで佳人の様子を見に来たらしい山岡に付き合う義理はなかったが、さりとて重要な取引先の社長であることは確かなので、邪険に追い返すわけにもいかない。

「久保さん、コーヒーは私が」

近くにいた事務の女性が気を利かせる。堂々とした体軀《たいく》に三つ揃いのスーツをビシッと着こなした山岡は、女性陣の間では大人気だ。三十代半ばの御曹司社長で独身とくれば、もてはやされるのも道理である。ここで佳人が「仕事中ですので」などと、山岡をつれなく追い返そうものなら、「えーっ、せっかくいらしたのに」等と本気で恨めしがられかねない。

佳人はそっと溜息をつくと、パーティションで仕切られた商談スペースに山岡を案内し、テーブルに向き合って座った。

「もしかして忙しかった？」

「いいえ」

茶目っ気たっぷりの眼差しで聞いてくる山岡に、佳人は正直に首を振る。

「おれは今、引き継ぎの最中なので、引き継ぐ相手がいないときは暇です」

できるだけ仕事は潤にやらせて、一日も早く使いものになるようにしろ、と遥に言われている。

佳人は極力手を出さず、指導とフォローに徹する形だ。遥も、秘書を連れて外出する際には、今日に限らずこれからは潤を伴うことにしたようだ。

徐々にそうなっていくだろうとは佳人も予測していたが、さすがにこんなに早い段階から自分が一歩退かされるとは思っておらず、心構えができていなかった。遥がせっかちで、スパルタなのは知っている。佳人自身も秘書になったときそういう扱いを受けて鍛《きた》えられたが、それは単に前任者からの引き継ぎができなかったからで、ぶっつけ本番で体当たり式に覚えていくよりほかに方法がなかったからだと思っていた。

「社長は、おれが教えるよりも、実践で覚えさせたほうが早いと考えているようです」

佳人は平静を装い、冗談めかして言ったつもりだったが、山岡には無理をしているのが察せられたらしい。

「やっぱり寂しい？」

ずばりと切り込まれ、咄嗟《とっさ》に「いいえ」と虚勢が張れなかった。

その躊躇った一瞬の間が佳人の本音を如実《にょじつ》に語っており、山岡はいっそうにやついた顔になる。

「ほんと仲いいよなぁ、きみと黒澤。プライベートでは同棲していて、その上会社でも一緒じゃ、息が抜けないだろうに」

「おれはべつに息を抜きたいと思うこと自体なかったので……」

「新鮮みがなくなって飽きたりとかしないわけ？　ステーキもいいけど、たまには違うもの食べたいって、ならないんだ？」

「え？　いえ、おれはべつに……」

佳人は芸のない否定を繰り返しながら、ひょっとして遥のほうはだんだんこの関係が窮屈になってきていたのだろうか、と今まで頭を掠めもしなかった考えが浮かんできた。

これからどうするつもりだ、と最初に話を振ってきたのは遥のほうだ。二足の草鞋《わらじ》を履いてやっていけるのかを問われたわけだが、数日後に事業の本格スタートを控えたところまでようやく漕《こ》ぎ着けたばかりだった佳人には、それはまだ先々考えればいいと思っていたことで、具体的には何も決めていなかった。難しいのは承知だが両方ともやれるだけやってみたい、とできないよりも心情に即した希望を告げた佳人に対し、遥はあくまで現実的で厳しかった。

秘書を辞める決意を佳人にさせたのは遥だ。

香々見社長から息子を雇ってみてくれないかと頼まれて、話はすぐに具体化した。

これを機に、遥は環境を変えたいと思ったのだろうか。山岡が言うように、四六時中佳人と過ごすことが気詰まりに感じられだしたのだとすれば、少なからずショックだ。佳人は遥がそんなふうに感じているとは想像すらしていなかった。

佳人の表情に不安と迷いが浮かぶのを見て取ったのか、山岡はあっさりと前言を翻《ひるがえ》した。

「まぁ、きみたちは空気のようにお互いを必要としているみたいだから、黒澤にしてもそんなふうに感じることはなさそうだけど。馬鹿だな、本気で悩むんじゃないよ。俺が意地の悪いこと言ってきみを苛《いじ》めたみたいじゃないか」

「あ、いえ、そこまで深刻に考えているわけではありませんので」

佳人が取り繕うように言ったとき、事務の女性がコーヒーを運んできてくれた。

彼女が去るまで話が中断する。その間に佳人は気を取り直していた。

「社長には本当にいろいろと感謝しています。事業を起ち上げるにあたっても資金面からネット販売業に関する有益なアドバイスに至るまでお世話になりました。その上、秘書を辞めてそちらに専念しろとまで言ってもらえて、本来なら諸手《もろて》を挙げて感謝しなくてはいけないのに、素直にそうできないのは、完全におれのわがままです」

自分から話を再開させた佳人は、どこまで打ち明けていいものか迷いつつ、心境を吐露《とろ》した。

山岡とは親しいとまではいかずとも、まんざら知らない仲でもない。せっかくこうして様子を見に来てくれたのに、よけいなお世話ですとばかりにそっけなくするのも躊躇われる。

「ひょっとしたら、おれ、自分で思っている以上に嫉妬《しっと》深くて、狭量なのかもしれません」

今日も帰宅すれば遥は佳人のもので、佳人しか知らないプライベートな顔を惜しみなく見せてくれる。職場が離れようが秘書でなくなろうが、プライベートに関してはこれまでと変わりない。

普通はそれで十分なはずだ。

「そういうきみも俺には興味深いが」

山岡は寛いだ様子で出されたコーヒーを美味しそうに飲みながら、和やかな雰囲気とは裏腹に佳人の胸をグサリと抉《えぐ》るようなことを言う。

「しかし、もしきみが、他の誰かを黒澤の近くにいさせたくないばかりに、起業したこと自体を後悔しているんだとしたら、俺はかなり幻滅するだろうな」

「それはありません」

間髪《かんはつ》容《い》れずにきっぱりと否定する。

実を言えば、そんな考えがチラリとも浮かばなかったかというと嘘になる。だが、すぐに佳人は、何があろうとも一度自分がすると決めたことを安易に擲《なげう》ってはいけないと己を強く戒《いまし》めた。

「大勢の人の協力を得て始めた事業です。石に齧《かじ》り付いてでも守り抜いて、少しずつでも成長させます。中途半端なことはするなと社長にも強く言われました。ここでおれが後悔なんてしたら、かかわってくれた人たち全員を裏切ることになる。山岡さんや社長に軽蔑されるようなまねは絶対にしたくないですし」

「そうか。それを聞いて安心した」

山岡は満足そうに目を細め、悪びれない調子でしゃあしゃあと続けた。

「もしきみがへこんでいるなら、今夜デートに誘って慰めてやろうと思って来たんだが、どうやら付け込む隙はなさそうだ」

「ええ。あいにくですが」

きっと言うと思った。佳人はいかにも山岡らしい発言に内心苦笑いし、動じることなくさらりとあしらった。山岡は軽そうな言動に違《たが》わず、それなりに遊んでいるようだが、根は意外と真面目で純情な気がする。いまだに特定の相手を作らないのは、恋多き男が自由でいたがっているというより、生涯かけて真剣に付き合いたい相手とまだ巡り会えていないからではないか。山岡を知るにつけ、佳人はそう思うようになってきた。

「まぁ、せいぜい週末は黒澤に可愛がってもらうといい」

「や、山岡さん……！」

さすがの佳人もこれには平静でいられず、あからさまに狼狽《うろた》えてしまった。

山岡はニヤニヤしながら事務員が淹れたドリップコーヒーを飲み終えると、「じゃあ、また。黒澤によろしく」と言い置いて、引き揚げていった。

＊

「彼は、どうですか」

風呂から上がってきた遥に常温のミネラルウォーターが入ったペットボトルを渡しつつ、佳人は思い切って自分から潤の件を話題にしてみた。

遥は喉を反らせていっきにボトルの水を半分近く飲むと、肩に掛けたタオルの端でこめかみに浮いた汗を拭う。何気ないしぐさにも色香が滲み、佳人は性懲《しょうこ》りもなくトクリと心臓を鳴らす。

たまに周囲から、長年連れ添った夫婦のような雰囲気だと二人の仲を揶揄されることがあるが、そうでもないと佳人自身はこんなとき思う。遥を見てドキリとし、胸が騒ぐたびに、まだまだ遥は自分にとって空気のような存在にはなっていないと思い知らされる。恋をしている己を意識するたび、穏やかで落ち着いた家族同然の関係にはなりきれていない気がする。佳人としては、むしろ今くらいの緊張感と刺激があるほうがいい。遥とはこの先も、ぶつかり合いつつ成長していける仲でありたい。家族だけど恋人同士、というのが理想だ。

「香々見がそんなに気になるのか」

遥は洗面台の前に立ち、鏡越しに佳人と顔を合わせてぶっきらぼうに聞いてくる。

表情や喋り方からすると虫の居所が悪そうに見えるが、べつに怒っているわけではなさそうだったので、佳人は動じなかった。

「後輩の指導は初めてなので、教え方に問題がないか心配です」

それだけが理由ではもちろんないが、このことも佳人が実際気にかけていることだった。

「おまえの指導は問題ない。あいつもそれなりに秘書の仕事を理解しているようだ。おまえの教え方はわかりやすいと言っていた。聞いてもないのにぺらぺらと無駄話をしたがるところはどうにかしてもらいたいものだがな」

「すみません」

佳人は潤が遥にそんなに馴れ馴れしくしていたとは想像もせず、変な汗が出そうになった。おそらく移動中の車内での出来事だと思われるが、始終むすっとした顔つきで唇を引き結んでいる遥に気圧されもせず話しかけるとは、ある意味大物だ。何も考えていないからこそ無頓着に振る舞えるのだろうが、場所柄を弁《わきま》えないのはまずい。

「仕事中は私語を慎むよう、注意しておきます」

「おまえも、うちで会社の話は慎め」

そのままのそっけない調子で遥は佳人の痛いところをグサリとまともに突いてきた。

佳人は返す言葉もなく目を伏せる。

遥が自宅に会社の話を持ち込むことを嫌うのは、佳人も重々承知している。仕事はよく持ち込んで一人で書斎に籠《こ》もっているが、二人の間の話題がそちらに傾くのは不本意のようだ。潤に注意する云々より我が身のいたらなさを責められた気がして、決まりが悪かった。

洗面台の引き出しからドライヤーを取り出した遥は、髪を乾かし始めた。

タオルドライしただけの半乾きの髪を長い指で梳《す》き上げつつ強めの熱風をかける。

佳人はすぐに気を取り直して、造り付けの棚から、きちんと畳まれた下着類とパジャマを取り、傍らに置かれたスツールの上に用意した。

「先に二階に上がって待っていろ」

ドライヤーの音に紛れて遥の声が聞こえた。

「俺もすぐに行く」

週末の夜、遥が早々に寝ようと言うのはセックスをしたがっているときだ。鏡の中の遥はちらりともこちらに視線を寄越《よこ》さないが、顔が幾分照れくさげなのが佳人にはわかった。

「はい」

佳人もまた、パジャマの上に重ね着したローゲージのニットカーディガンのボタンを軽く弄《いじ》り、気恥ずかしさをやり過ごす。今さらではあるのだが、こういうときの羞恥心はいつまで経ってもなくならない。しかし、そのほうがかえって適度な緊張感が失われなくていい気がする。佳人はいつまでも遥に恋をしていたかった。

二人の間のこうした空気感が佳人は好きだ。

多くを言わなくても互いの気持ちがわかる。意思の疎通ができる。関係がうまくいっている証《あかし》だと思えて嬉しい。

戸締まりを確認して、洗面所と廊下、階段以外の一階部分の明かりを消し、二階の寝室に行く。

カーディガンを脱いでベッドに横になる。

ひんやりとしていたシーツが佳人の体温で温まり、心地よくなってきた頃、階段を上ってくる足音が聞こえてきた。

こういうとき佳人は、どんな顔をして遥を迎えたらいいのかいつも悩む。恥ずかしがりすぎるのも変だろうし、かといって、あっけらかんとしすぎているのも興《きょう》ざめな気がする。ドアが開いたとき、なんと声をかければいいかもわからない。眠った振りをするのも得意ではなかった。本当は起きているんだろうと見透かされたときには、穴があったら入りたくなるに違いない。

あれこれ考えてしまって動悸が激しくなり、結局いつも身動ぎ一つできずに遥が隣に潜《もぐ》り込んでくるのを待つことになる。

今夜こそはスマートに何か一声かけたいと思ったが、遥が後ろ手にドアを閉めるのを、枕に頭を預けた体勢で目にした途端《とたん》、頭の中が真っ白になった。スリッパの音をさせつつベッドに近づいてくる遥と目が合う。せめて微笑みたかったが、顔の筋肉を思うように動かせず、遥を凝視したまま固まってしまった。

遥もまたこういうときは何も言わない。

ギシッとスプリングを揺らしてベッドに上がってくると、ナイトテーブルの上のシェード付きランプの明かりをごく僅《わず》かに絞り、部屋を暗くした。

パジャマ姿の遥が、同じくパジャマを身に着けた佳人の上にのし掛かってくる。

遥の重みを全身で受けとめるなり、それまで佳人の頭を占めていたあれこれは消し飛び、五感のすべてで遥を感じること以外、どうでもよくなった。

唇を塞がれ、パジャマのボタンを外される。

今夜の遥はせっかちだった。荒々しく佳人の胸板を露《あらわ》にすると、舌を絡ませるキスをしながら右手の指で両の突起を交互に弄る。

摘んで指の腹で磨《す》り潰すように刺激されるたび、佳人の体は敏感に反応した。

「んん……っ」

顎を反らせ、くぐもった声を洩らす。

乳首を弄られるのが佳人はとても弱い。息を吹きかけられるだけでも硬くなって膨らむことがあるくらい感じやすく、責め方によっては下半身にまったくかまわれなくても達《い》けるほど淫らに仕込まれている。爪の先を掠める程度の触れ方をされても、そこからビリッと全身に妖《あや》しい痺れが走り、下腹部をはしたなく疼《うず》かせる。

「あ、あっ……だめ、遥さん。そこ、もうしないで」

たまらなくなってやめてと頼んでも、遥は熱っぽい眼差しで佳人を見据えたきり、指の動きを止めようとはしない。

乳暈《にゅううん》ごと括《くく》り出すように摘み上げた突起の天辺を指の腹で撫で回しつつ、仰け反って喘ぐ佳人の無防備に晒した首筋に唇を辿らせる。耳の裏にも丹念に舌を這わせ、耳殻《じかく》を甘嚙みし、穴の中まで舐める。

「うう、ん、んっ!」

耳の次は鎖骨の窪み、脇の下と的を変え、徐々に体をずらしていって、充血して一回り大きく膨らんだ乳首を口に含まれる。

「あぁ、あっ」

吸い上げられ、舌先で転がすように嬲《なぶ》られ、佳人は嬌声《きょうせい》を上げて上体をのたうたせた。

腰から下は遥にがっちりと体重をかけて敷き込まれている。

佳人の股間のものは刺激を受けて早くも大きくなりかけている。パジャマの布地越しにもはっきりと勃起していることがわかるに違いなく、遥にも自分の変化を逐一《ちくいち》知られているかと思うと羞恥に体が熱くなる。

同様に、遥のものもガチガチに張り詰めて硬度を増しており、それが佳人の内股にぐいぐい押しつけられてくるので、ますます欲望を煽《あお》られる。

「おれも遥さんに触りたい」

遥の尻に手をやり、パジャマの上から引き締まった肉の感触を確かめるように撫でたり揉んだりする。

佳人の乳首を淫らな水音をさせてしゃぶっていた遥は、好きにしろと言うように体をずらして佳人の上からどくと、シーツに横たわった。

佳人は遥に胸を弄られ、感じて喘ぎながら、自らも情動のまま遥の股間に手を伸ばす。

ウエストがゴムになったズボンを太股の中程まで引き下ろし、猛々しく屹立した陰茎を握り込む。佳人の手の中で遥の性器は昂奮《こうふん》しているのを隠さずに脈打つ。熱く滾《たぎ》った肉茎を直に触って、佳人は歓喜にコクリと喉を鳴らしていた。

遥のものはなんであれ愛しいが、ここは中でも格別に可愛がりたくなる部位だ。

何度となく佳人はこの躍動的な遥の一部を体の奥深くに迎え入れ、繋がり合える幸せを噛みしめた。狭い器官をギチギチに埋め尽くし、緩急つけた絶妙な抜き差しで擦られ、突かれると、惑乱しそうなほど強い悦びが湧く。

親指の腹で括れや先端の隘路《あいろ》を擦り、撫で回す。

引き締まった下腹の筋肉が引き攣るように動くたび、遥が感じているのがわかって、佳人はいっそう手の動きを熱心にした。

遥は重点的に責めていた乳首から指を離すと、佳人の背中に手のひらを這わせ、腰を抱くようにして尻を揉みしだいた。

ズボンを脱がされ、素足を大胆に割り裂かれる。

佳人の中心も恥ずかしいくらいに昂《たかぶ》っていた。

摑み取って上下に扱《しご》かれると、先走りの淫液が滲み出る。

気持ちよさに佳人は艶《なま》めかしい声を上げ、遥の陰茎を握る手に思わず力を込めた。

遥の先端もぬるぬるになっていて、佳人の手まで濡らす。

このままこれを口に含んで可愛がりたかったが、遥はそれよりも先に一度挿《い》れたかったようだ。

腕を伸ばしてナイトテーブルの引き出しを開けると、いつも使っているプラスチックボトル入りの潤滑剤を取る。

正常位で足をＭ字に折り曲げさせられ、剝《む》き出しになった秘部に潤滑剤を施される。

「遥さん」

十分に潤った後孔に、遥の太く硬い陰茎が滑り込んでくる。

「あああっ」

狭い器官を押し広げ、いっきに根元まで収めさせられて、佳人は嬌声を上げて悶《もだ》えた。

「まだきつかったか」

恍惚《こうこつ》とした表情の遥に気遣われ、佳人は喘ぐように息をしながら首を横に振る。

「……すごく、気持ちいいです。いいところに当たっていて」

「ここか」

ズン、と腰を使って突き上げられる。

「あぁ、あっ！」

脳髄《のうずい》が痺れるような強い刺激に全身を打たれ、佳人は空で足を蹴り、唇をわななかせて叫んだ。

「んんんっ、あ、あ、だめ、だめ！　そんな立て続けに……っ」

弱いところを繰り返し責められて、あられもない声が出る。

遥は佳人の尻に勢いよく腰を打ちつけ、肌と肌がぶつかる乾いた音を寝室に響かせた。膝裏を両手でそれぞれ押さえつけ、キスができそうなほど上体を被せてきて、頑健な腰を疲れた様子もなく動かす。

互いの腹に挟まれた佳人の陰茎は抽挿《ちゅうそう》に合わせて揉まれ、擦られ、手で触れられなくても追い上げられていく。

「あ、もうイキそう、あぁあっ、イク……！」

後孔を穿《うが》ち、深く浅く突かれまくり、内壁を擦り立てられて、こうすることでしか得られない淫靡《いんび》な悦楽に襲われる。

昼間、会社で複雑な気持ちになったことも、なにかと潤を意識し気にしてしまうことも、こうして夜、遥に抱かれて愛されている実感を肌で直接受けとめると、悩む必要はまったくない気がしてくる。

潤をどう思っているのか、遥はほとんど言葉にしないし、これからもする気はなさそうだ。佳人にはそれが少なからず不安で、ついよけいなことを考えてしまいがちなのだが、遥は佳人と潤を比べて、どっちがいいとか、やりやすいといったふうに考える頭は、端から持ち合わせていないようだ。佳人に、前任者である浦野《うらの》と同じやり方を求めなかったのと同様に、潤にも佳人とまったく同じ秘書としての在り方は望んでいないのだろう。

「あれこれ考えず、イキたいなら達け」

遥に促され、佳人ははしたない嬌声を上げて禁を解いた。

後孔の襞《ひだ》をギュッと窄《すぼ》め、遥の陰茎をきつく引き絞る。

くっ、と遥が唇を噛みしめ、眉を寄せた。

ひどく心地よさそうな、色香にまみれた表情をするのを見て、佳人は心臓にまた新たなときめきを感じた。

「遥さん、遥さん」

達した直後で息は上がり、体の芯は雷に打たれたように猥《みだ》りがわしく痺れ、全身が快感に満たされて痙攣《けいれん》し、僅かの刺激にも反応しやすく過敏になっていたが、このまま休まず遥の精を奥で受けとめたくて、積極的に腰を揺する。

遥も動きを合わせて、いっきに解放を目指して悦楽の坂を駆け上がる。

佳人は遥の首に両腕を回して縋《すが》り、熱に浮かされたかのごとく遥の名前を呼び続けた。

パジャマの上衣の裾から手を入れ、汗ばんだ背を手のひらで撫で回す。

温まった肌から自分と同じ石鹼の匂いが香り立つ。些細なことだが、佳人にはそれがとても嬉しく、独占欲を満たされた心地になった。

自分たちは最も大切な根幹の部分で密接に繋がり合っている。だから、何も恐れなくていい。ずっと一緒にいなくても、二人の関係はこれまでときっと何も変わらない。むしろ、お互いの知らない部分が増えることで、これまで以上に相手を理解しようと努力するようになるのではないか。そう思えてきた。

深々と佳人の中を貫いて、遥が動きを止める。

ぶるっと胴震いした直後に奥に放たれたのがわかった。

「あぁぁ」

佳人は乱れた声を上げて遥に抱きついた。

呼吸を荒げたまま遥が佳人の口を塞ぎにくる。

湿った息を絡ませ、舌を吸い合った。

遥はパジャマの上衣を脱いで床に落とすと、美しく筋肉のついた胸板を佳人に見せつけた。

「……遥さん」

触らずにはいられなくなって、佳人は遥の胸に手を這わせた。

尖った乳首に指で触れる。

いったん佳人から離れた遥は、太股のあたりまで下ろしたままだったズボンを足から抜くと、再び佳人の濡れた股間に手を差し入れてきた。

「もう一度、すぐいいか」

ゾクゾクするような色っぽい声で遥に確かめられる。

佳人は睫毛を伏せて頷くと、自分から誘うように足を開いた。

3

潤が秘書見習いとして黒澤運送に勤めるようになって、二週間経った。

その頃になると、傍《そば》で指導する佳人にも、だんだん潤の内面が察せられるようになってきた。相変わらず潤は面倒くさがりで、おおざっぱ、何度言ってもメモを取らず、「大丈夫、ちゃんと頭に入れてます」と自信たっぷりだが、案の定抜けが多く、失敗しても口先ばかりで謝って反省している様子がない。フォローするのは佳人で、正直いい加減にしてくれと思うこともあるのだが、妙に人懐っこくて憎めない。六つの歳の差や会社の先輩だということにも頓着せずに佳人を気軽に「お昼、一緒に行きません?」「帰りにどこかで飲みましょうよ」などと誘ってくる。秘書になってからはずっと遥とだけ行動を共にして、いわゆる同僚との付き合いをほとんどしてこなかった佳人には、それが新鮮だった。

仕事中にミスをしてきつく叱ったり、同じ過《あやま》ちの繰り返しに呆《あき》れ果ててそっけない態度をとったりした後でも、めげることなく声をかけてくるあたりは、性格の違いをひしひしと感じる。根に持たない、厚顔《こうがん》無恥《むち》すれすれのあっけらかんとした態度に最初は戸惑ったが、決して悪気はないのだということがわかってくるにつれ、こういう付き合い方をする人間もいるんだなと理解できるようになった。

考えてみれば、佳人は交友関係が元々狭く、それほど多くの人と交流してきたわけではなかった。今年の春以降、茶道教室に通いだしたり、事業を始めるにあたって仕事関係の知り合いも増えてきたが、それまではごく限られた人たちにしか触れてこなかった。

潤のようないかにも若者らしい青年とは縁がなかったので、はじめどう向き合えばいいのかわからず、やりにくいと思ったが、相手が誰であれ物怖じするということを知らなそうな潤のほうが佳人をすんなり受け入れ、ある意味懐いてくれたので、ぎこちないながらもどうにか先輩としてやっていくことができている。

昼の食事時間にしても、潤が毎日佳人に「今日もデリバリーですか」「いい店見つけたんで一緒に行きません」とかまうので、ついに根負けして一緒に外に出るようになった。佳人としては遥が社内にいるときは、遥に付き合いたい気持ちが強いのだが、潤の手前それをあからさまにするわけにもいかない。

「ひょっとして、久保さんと社長、そういう関係なんですか？」

入社した次の日くらいに、さっそく潤にずばりと聞かれ、佳人は心臓が縮む心地がした。幸い、願ってもないタイミングで電話が鳴り、そちらに逃げて返事をしなかったが、一瞬固まってしまってすぐに否定しなかったので、潤は今も自分たちをそういう目で見ているだろう。親戚でもないのに同居しているというだけで勘繰《かんぐ》るには十分な材料があるのだろうが、それより二人の間の雰囲気が隠そうにも隠しきれない特別な仲なのを感じさせるようだ。

「以前一緒に住んでいた浦野って人には、誰もそうは感じてなかったみたいだけどね」

いつだったか、山岡がおちゃらけた調子でそんなふうに言い、佳人を揶揄したことがあった。

潤が佳人を誘っているところに遥も居合わせることがよくあるが、佳人がちらりと遥に視線を向けても、遥は無視しているか、行ってこいと目で促すかのいずれかだ。自分より潤との付き合いを優先させろと態度で示している。三人で一緒に、となることはなかった。さすがの潤も、社長と仕事時間外まで行動を共にしたいとは思わないようだ。一般的な感覚では普通そうだろう。

十一月後半の三連休を週末に控えた火曜日、佳人はまたもや潤と昼飯を取りに外に出た。

「そういえば、久保さんも社長も手弁当ってことはないんですね」

馴染みの定食屋で、注文した日替わり御前《ごぜん》が出てくるのを待つ間、潤がふと気がついたように言う。

佳人は「ないな」と答えつつ軽く緊張していた。あれ以来、遥との関係を潤に突っ込んで聞かれたことはないが、いつむし返されてもおかしくないとヒヤヒヤしている。佳人は嘘やごまかしが不得手《ふえて》だ。聞かれたらなんと答えればいいのか、いい案を考えついておらず、話がそっちに行かないように祈る心地だった。

だが、潤は佳人に聞くだけ聞いておいて、どういう思考の流れからか話の矛先《ほこさき》を珍しく自分自身に向けた。いかにも憂鬱《ゆううつ》そうに、

「俺も早く家を出て一人暮らししたいなぁ」

とぼやく。

したいならすればいいのでは、と佳人は思ったが、よく事情を知りもしないうちから軽々しく言うのはなんでもよくないと日頃から自戒《じかい》しているので、よけいな口は利かずにいた。

「最近兄貴がますますうざくてたまんないんですよね」

そういえば、潤は兄とあまり折り合いがよくないようなことを前にも言っていた。佳人は思い出す。確か兄のほうは父親の会社を専務として手伝っているはずだ。ゆくゆくは後を継ぐことになるのだろう。

ひょっとすると潤は自分の居場所のなさを感じているのかもしれない。佳人は潤の表情の中に不満や憤《いきどお》りばかりではなく苛立ちや焦燥《しょうそう》なども混じっているのを見て取り、それらの感情が外に向けられたものではなく、自分自身に対するもののような気がして、そんなふうに感じた。

「今度の就職のことでも、やれ社長に迷惑かけてないか、うちの面子《メンツ》を潰すようなまねはしてないだろうなって耳にタコができるくらい言われてて。おまえなんかしょせん親父の後押しがなけりゃ何一つ自分の力ではできない半端者だって決めつけられると、ほんと腹立つっていうか」

佳人には経験のない境遇で、気の利いた相槌を打つことができなかった。

潤は佳人から反応を得られなくても気にしたふうもなく続ける。

「まぁ、俺は確かに兄貴みたいに優秀じゃないから、馬鹿だの出来損ないだの言われても反論できないけど、最終的には大学だって自力で滑り込めたし、就職もそのうち自分でなんとかするつもりだったんですよ。だけど、親父が見栄っ張りの心配性で、いつまでも家でダラダラされてちゃ世間体が悪いってんで、ここにねじ込んだんです」

「何かやりたいことがあったの？」

「べつにこれって目標はまだないです」

そういうのはこれから探せばいいでしょう、と潤の顔に書いてある。

周りがあれこれ口出しし、早くちゃんとしろ、親兄弟に恥を掻かせるなどと言うのが嫌でたまらないらしい。

「だけど秘書ってのはなぁ……俺、向いてないんじゃないですかね」

他人事のように潤は言い、佳人を見て肩を竦めた。

「久保さんは外見からしていかにもデキる秘書ふうで、人の世話を焼いたり、いろいろ準備したり、手回ししたりっていうような縁の下の力持ち的な仕事、好きそうじゃないですか。俺、そういうの得意じゃないんですよね。面接のときはいちおう『なんでもやります。頑張ります』って言ったけど。社長もわかっているけど仕方なく義理で雇ってくれたんじゃないですか。段取りが悪くても、ちょこちょこミスっても、俺に全然何も言わないし」

「確かに今のきみは向いてないかもしれないな」

佳人は感情を抑えた声でそっけなく言った。

ちょうど運ばれてきたお膳にいただきますと手を合わせ、割り箸を割る。

目の前で潤も箸を割ったが、こんなところにもがさつな性格が出て、うまく割れずに片側だけが太くなる。それでもいっさい気にせず、メインの豚のショウガ焼きにさっそく箸を伸ばす無頓着さがまた潤らしかった。

「まぁ、社長はなんだっててきぱきやれる人みたいだし、恐ろしく記憶力がいいし、要領もいいみたいだから、本当は秘書なんて必要ないんじゃないですかね」

「やればできる人かもしれないが、確実に負担は増える。きみが大いばりで失敗したと笑っている分、社長は本来する必要のないフォローを秘書であるきみのためにしている。本末転倒だ」

佳人は腹が立ってたまらず、最後は冷ややかに、突き放すように言っていた。

秘書なんか必要ないのではという言葉がどうしようもなく癇《かん》に障《さわ》った。今までの自分を否定されたようで許し難かったし、遥の目の回りそうな忙しさを知っていたら、冗談でも言えるはずのないセリフだったからだ。

なぜ遥は潤のこうした性格や意識の低さを承知で自らの許に引き受けたのか。いくら大切な取引先からの頼みとはいえ、無理ならば無理と断るのが遥らしいし、今からでも遅くないと思うのだが、佳人が不思議でたまらないのは遥にまったくその気配がないことだ。

どちらかといえば短気でせっかちなほうだと佳人は遥のことを思っていたが、潤に関しては実に鷹揚《おうよう》で、野放しにしている印象を受ける。教える立場の佳人に苦言を呈し、ちゃんとさせろと叱ることはあっても、本人にはほぼ無言だ。秘書という職業にしては派手すぎる茶髪を目に被さるほど伸ばしたスタイルにしても、これが佳人だったならたちどころに不機嫌になって「切って染め直せ」と言ったに違いないのだが、潤にはいまだに意見一つせずにいるようだ。

だからといって佳人は遥が潤をただ腫《は》れ物扱いしている、甘やかしている、とは思わない。自分より大事にしている、などと僻《ひが》みもしない。きっと何か考えがあるのだろうと信じてはいるのだが、肝心のその考えが佳人には推し量れず、もやもやしてしまう。

遥が本来わかりにくい人間なのは重々承知している。佳人は昔を思い返し、考えすぎるなと己に言い聞かせた。

佳人の厳しい言葉に、おちゃらけていた潤の顔が強張り、気分を害したのがわかる。

「いやだな、冗談ですよ、先輩」

潤は唇を歪めて嫌な感じの笑いを浮かべ、珍しく意地の悪さの滲み出た口調で続ける。

「すみません、配慮が足りませんでした。先輩にとって社長は特別大事にしている人みたいだから、さっきみたいな言い方をしたら、怒るの当然ですよね。でも、俺、社長をすごいって褒めたんですよ。べつに久保さんの存在意義を否定したわけじゃ……」

「もういい」

佳人はそれ以上言われたくなくて潤の言葉を遮った。

今さら遥との関係を隠すつもりはないが、この場でその話題を持ち出したことに狡《ずる》さを感じて不快だ。真っ向から探りを入れられた時のほうがまだましだった。あの時は佳人も心の準備ができていなくて動揺したが、次に聞かれたときにははっきりと、プライベートを明かす必要はないと突っぱねる。そう決意した。

佳人の硬い声に、潤もまずかったようだと悟ったらしく、そこから先は口を噤《つぐ》んだ。

会話のないまま驚くほどの早さで食事をすませ、お先にというように軽く一礼してさっさと席を立つ。佳人はまだ半分も食べ終えていなかった。

少なくとも、佳人を無視していかなかっただけましだ、と考えることにした。あの一礼すらなかったなら、佳人はもっと嫌な気分になっていただろう。

他人の気持ちにまるっきり配慮できないわけではないし、礼儀がまったくなっていないわけでもないんだよな、と思う。

秘書なんか向いていない、どうせ俺なんか、と己を卑下《ひげ》するのも、ちゃんとしたいのにいろいろ未熟で、経験が不足していてうまくできない、そんな焦りからくる反発心ではないかという気がして、佳人まで歯痒くなる。

誰だって最初から完璧にできるわけではない。佳人にしても、秘書業務に携わったのはせいぜい二年あまりで、まだまだ新人の域を出ていないと思う。傍目《はため》にはちゃんとやっているように見えても、失敗して慌ててやり直したり、突発的な案件に狼狽えてパニックを起こしそうになったりと、特になりたての頃は目もあてられなかったはずだ。

無理をしてできる振りをしなくてもいいし、自分には荷が勝ちすぎると思ったら周りを頼ってもいい。頭ではわかっていても、負けず嫌いでできないと認めるのが苦手、というところは潤も佳人と似ている。違うのは、佳人の場合、注意されたら意地になって、なにがなんでも克服してやると奮起《ふんき》するのに対し、潤は端からやる気がなかった振りをして開き直り、冗談にして流そうとするところだ。一生懸命さを見せるとか、必死になるのはダサイ、そんなふうに思っているところがあるようだ。

自分も二十三、四の頃はそうだっただろうか、とつらつら考えながら佳人は会社に戻った。

午後の始業開始時間五分前、社長室のドアをノックして入っていくと、潤はすでに秘書用のデスクについて、まさに今、電話を終えて受話器を下ろしたところだった。

昼前に急遽所用で出掛けた遥はまだ帰社しておらず、執務机の上には未決済の書類の山が食事に出たときよりも若干高くなっている。この後、遥は、午後四時過ぎに羽田《はねだ》を発つ便で福岡に泊まりの出張に行く予定だ。三時には社用車に乗る必要がある。それまでにここに積まれた書類にすべて目を通すのは大変だろうな、と遥の激務ぶりが心配になる。

わかる範囲で、絶対に今日中の決裁が必要なものと、明日の夕方以降でもいいものに分けておこうかと思い、潤にも少し教えておこうかと「香々見、ちょっといいか」と声をかける。

「えっ？　な、なんですか……っ」

潤はあからさまに身を強張らせ、不自然な態度をとる。佳人と顔を合わせると、気まずそうにすぐさまパッと目を逸らした。

まださっきの定食屋での些細な言い合いを根に持っているのか。最初佳人はそう思った。いつもはもう少しからっとしている気がするのだが、今日はよほど虫の居所が悪いのか、妙に苛ついているのが感じられる。

潤の手元には殴り書きしたメモが何枚か散らばっており、佳人と別れてすぐここに戻り、電話を何本か受けたのだとわかった。昼休み時間でも電話が集中することはままある。佳人は潤が奮闘した跡を目にして、自分だけゆっくりして申し訳なかった気分になった。

遥のデスクの上の書類は自分一人で見よう、と考え直す。

「何か緊急の連絡があった？」

ハーフコートを脱いで、奥まった場所に置かれたロッカーに掛けながら、佳人は気を取り直して普段と変わらない調子で潤に話しかけた。電話はどこからどんな用件でかかってきたのか、必要なことはすべてメモを取れたのか、念のため確認しておきたかった。いつものことだ。

だが――。

「いえ。べつに」

先ほどよりいっそう緊迫感の漲《みなぎ》る、何かに身構えるような声で、潤は短く返事をする。

佳人ははっきりと違和感を覚えた。

潤の態度は頑なで、全身から放っておいてくれと言わんばかりの拒絶オーラを発している。そのくせ、佳人をチラチラと盗むように見てそわそわするのが気になった。単に機嫌が悪いというだけではなく、何か別に気がかりがあるのではないか。そんな不穏な予感がした。

「おれがここにいると邪魔？」

「えっ？」

ロッカーの扉を閉めて振り返るなり鋭い口調で聞くと、たちまち潤はギョッとした顔になり、激しく動揺した。

「い、いやそんなことは……」

「その手に持っているメモ、見せて」

佳人はツカツカと大股で歩み寄ると、反射的にメモ紙を手のひらで隠した潤の前で、静かな怒りを浮かべて仁王立ちになった。

「何か不都合が起きたんだろう？　きみ一人で対処できるのか？」

「い、いや、べつに不都合が起きたわけではないと……」

そうは言いつつ目が泳いでいて、不安そうだ。きっと何か嫌な予感がしているのだろう。

ここまでひた隠しにしようとするからには、笑い事ではすまされないミスがあったと考えるのが妥当な気がした。叱られたくないばかりに、佳人に黙ってなんとかしようと焦っているのが手に取るようにわかる。佳人も同じ気持ちになったことが過去にあったからだ。そのためにかえって事態の収拾を遅れさせ、遥に迷惑をかけてしまったときは、はじめから相談するべきだった、たとえ怒鳴りつけられたとしても、そのほうがよかったと感じるほど肩身の狭い思いを味わった。

ミスそのものよりも、素直に過ちを認めて最善を尽くす努力をしないことが問題だ。遥の態度からそれを感じ取って以来、佳人はどれほど気まずくても決して隠し事をしない、己に言い訳しないよう心がけている。潤という後輩を持った今、佳人には遥の気持ちが今まで以上にわかる気がして、怒るべきなのはミスをすることではなく、それを隠し、ごまかそうとすることのほうだと、あらためて痛感した。

「説明しろ。怒らないから」

再度強く促すと、潤はようやく俯けていた顔を上げ、おずおずとメモを隠していた手をずらした。この期に及んでは、ごまかす術がないと腹を括ったようだ。ただし、怒らないという言葉は今ひとつ信じていないようで、こわごわと佳人を見上げる目に媚びと恐れが窺えた。

「実は、明後日の三時なんですが……」

潤が言いづらそうに口にするのを辛抱強く聞く傍ら、佳人は視線を落としてメモを見た。

高鳥《たかとり》、三時、確認、といった文字が紙片のあちこちに書いてある。短い単語だけなので反対側からでも十分読み取れた。受話器を片手に殴り書きした文字でもなかなか整っていて見やすい。

自分の手帳を開いてみるまでもなく、それだけで佳人は何事が起きたのか察しがついた。

「明後日の三時は松山《まつやま》物流サービスの橋本《はしもと》部長が来社される予定だったはずだ」

佳人が先回りして言った途端、潤の顔は傍目にもはっきりとわかるほど蒼白になった。

「や、やっぱり……！」

どうやら潤は先ほどからそれを確かめたくて落ち着きをなくしていたようだ。

佳人に見咎《みとが》められて「どうしたんだ」と聞かれたくないばかりに、月単位の一覧表や自分の手帳を堂々と確認できず、佳人の目が届かないときにとタイミングを見計らっていたのだろう。

佳人の口からさらっと先約が入っていることを知らされ、危惧していたことが現実になった衝撃から、思わず「やっぱり」という言葉が口を衝《つ》いて出たらしい。

一連の潤の振る舞いから、佳人はまさかと最悪の事態を予想した。

「橋本部長との約束がキャンセルになったという話は聞いてない。まさか、その同じ時間にタカトリフーズの高島社長とのアポをだぶらせたのか？」

「はい……すみません」

もはやごまかしようもないと諦めたのか、潤はギュッと首を竦め、情けない声で謝った。

大変なことになった。今度は佳人のほうが青ざめ、冷や汗が出てきたが、ここで動揺しても始まらないと、気持ちを静めて理性を働かせる。

「このタカトリフーズの件はいつ受けた？」

「ど、土曜日に……」

「土曜？　ドライバーと配車担当以外は基本的に休業しているはずの日に、なぜ社長室付きのきみが許可もなく出社したんだ。誰からも何も聞かれなかったのか？」

「……」

潤は口を閉ざしたまま答えない。

だが、佳人は、金曜日の夕方にはまだまだたくさんの未整理書類が机の端に積み上げてあったはずなのに、昨日、すなわち月曜の朝来てみると、どこへやったのかと訝《いぶか》るほどそれらが綺麗になくなっているのを見て首を傾げたのを思い出し、そのことと無断出社が無関係ではないと確信した。

意地っ張りというか、見栄っ張りというか、ちょっと呆れてしまう不器用さだが、心意気と努力は認めないわけにはいかない。佳人はそういう人間が嫌いではなく、むしろ親近感を覚えた。

本来、その日休みのはずの人間が無許可で出社するのは服務規程違反で、おそらく誰か見咎めた者が事情を聞いたはずなのだが、潤の後ろめたそうな顔つきから察するに、社長の許可は得ているとでも言い抜けたのだろう。厳重注意ものだ。

それはさておき、どうやらその土曜日に潤は、傍若無人《ぼうじゃくぶじん》で気まぐれ、短気で我が強く、他人の都合はおかまいなしのワンマン社長、高鳥からの電話をうっかり受けてしまったらしい。高鳥は思い立ったら即行動しなければ気がすまない自分本位な人物だ。こちらが表向き休業日だろうが、いちいち考慮するタイプではない。

社長室直通電話にたまたま潤が出たら、一方的に『社長に用がある。木曜の三時、そっちに行くから伝えておけ』と横柄《おうへい》に捲《まく》し立てたと言う。

「今日は土曜で社長は出社していないので、週明けに確認してあらためてこちらからご連絡します、と……久保さんに習ったとおりに言って、電話は切ったんですけど……」

潤は上目遣いに佳人をチラッ、チラッと見ながら、ここまでの対応はちゃんとしていたのだとアピールする。確かにそれは認めるが、その後が最悪だった。

咄嗟のことで潤はメモを取らずに応対しており、電話を切ったあとも、このくらいなら覚えていられると気易く考えてそのままにしてしまい、月曜日に出社したときには綺麗さっぱり忘れていた。それだけならばまだどうにかなったはずだが、潤はあろうことかこの件を、今し方高島の秘書から『お返事はまだでしょうか』と催促されて初めて思い出し、動顛《どうてん》した挙げ句、「今お電話しようと思っておりました。木曜の三時にお時間お取りさせていただきました」と、何一つ確認せずに勝手にその場で答えてしまったそうなのだ。

秘書が社長の意向も聞かず、己の一存でスケジュールを組む——あり得なすぎて、佳人は眩暈《めまい》がしそうになった。

しかも、その日時は、三週間以上前から決まっていた別の人物との先約と丸被りしているという、論外の事態を引き起こしている。

「橋本部長とのアポイントメントはきみが入社する前におれが入れたものだが、引き継ぎの際にスケジュール表のコピーを手渡しして、すぐ自分の手帳に書き写せ、そして死んでもなくすな、肌身離さず持っていろ、と言っておいたはずだが」

怒らないと約束したこともあり、佳人はどうにか冷静さを保って声を荒げなかった。

「……はい」

面目なさそうに潤は再び項垂《うなだ》れる。

さすがに今回の失態は重大だと認識しているらしく、何を言われてもしおらしく聞くしかないと弁えているようだ。

「きみは意外とびびりだったんだな。日頃の態度からして、もっと図太いのかと思っていたよ」

この際だったので、佳人はつけつけと遠慮なく言った。前から感じていたことをそのまま口にしただけで、べつに皮肉のつもりはなかった。皮肉など言っている場合ではない。

「俺、あそこの社長、苦手なんです。いっつも偉そうに『俺だ』って、声でわかって当然みたいに電話してくるし、何かとごり押ししてくるし」

びびり、と言われたのが不本意だったのか、元々感情的な面のある潤は、それまでの殊勝《しゅしょう》な態度を擲ち、言い訳がましく不平を洩らした。

「ちょっとでも気に食わないことがあると頭ごなしに怒鳴りつけてきて、こっちの言い分なんか聞こうともしない。横柄で威張りまくっていて、いったい何様だって感じですよ」

「だからといって、高鳥社長の秘書からの電話にまで狼狽える必要はなかったと思うけど？」

「電話の向こうで社長が……たぶん俺のことを、グズだの使えないだの悪態吐きまくっている声が聞こえたんです。悔しいやら恥ずかしいやら追い詰められた気がするやらで、頭がワーッとなって。今の今まで忘れてました、なんてとても言えないってパニクりました。そんなことを言おうものなら、絶対に秘書の手から電話をもぎ取って社長が出てくる、どやされる、と思って」

百歩譲って、気持ちはわからなくはない。佳人は胸中で思い、潤にほんの少しだけ同情した。今では佳人もだいぶ慣れたが、地雷を踏まずに高鳥社長とうまく遣り取りができるようになるまでにはそれなりに時間がかかり、そうなる前はかかわりになるのがひどく憂鬱だった。顔だけで秘書をやっているのか、と面と向かって罵《ののし》られ、難癖《なんくせ》をつけた上での理不尽な言われように、悔しさのあまり唇を噛みしめたこともある。

しかし、高鳥社長の人格はこの際、問題ではない。

「問題は、タカトリフーズも松山物流サービスも、双方共に甲乙付け難いうちの超重要取引先だということだ」

佳人が眉根を寄せて言っている最中に、ガチャリと社長室のドアが開いた。

「どうした。何かトラブルか？」

出先から戻った遥が、深刻な表情をした佳人と潤を見るなり聞いてきた。

潤が兢々とした目で縋るように佳人を見る。事情を話せば遥に怒られると恐れているらしい。

佳人は佳人で、遥が怒るのは潤の指導をきちんとしなかった佳人に対してだろうと覚悟していた。この二週間ずっとそうだったからだ。

尻込みして自分の口からは説明できずにいる潤に代わり、佳人が状況を順序立てて簡潔に話した。監督不行届だった自分自身に腑甲斐《ふがい》なさを感じ、もっと細かく神経を遣うべきだったと悔やんでいたので、自然とそういう言い方になった。

遥は何度かピクリと頬肉を引き攣らせたり、目つきを鋭くしたりしたものの、途中で言葉を差し挟むことなく最後まで黙って聞いてから、おもむろに佳人に向かって口を開いた。

「明後日の四時半に予定していた『bravo!』の新台選定会議、あれを五時からにずらす。谷畑遊《たにはたゆう》機《き》の営業担当に電話を繋げ」

「はい」

佳人はすぐさま受話器を上げ、短縮ダイヤルに登録してある谷畑遊機に電話をかけた。谷畑遊機はパチンコ台を企画開発製造している会社で、遥が都内に五店舗持っている『bravo!』に来月から新規投入する機種を決めるため、担当者から詳しい説明を聞くことになっている。

営業担当者はすぐに捕まった。

どうぞ、と通話をいったん保留にして、遥の執務机の電話に回す。

すでに自分の椅子に座っていた遥は、すぐさま受話器を上げると、旧知の仲である営業担当者とざっくばらんな口調で話しだした。

ものの五分とかからずに電話を終えて、さっとこちらを見る。

「向こうはOKだ。香々見、駅傍でコーヒー店がやっている貸し会議室をすぐに押さえろ。使用者数は五名で二時間だ。部屋が取れたら『bravo!』の赤井《あかい》たちに今すぐ時間と場所の変更を連絡しろ。谷畑の営業担当者には場所の変更をメールで連絡すると言ってある。こっちも忘れるな」

秘書用の机についたまま、どうなることかと固唾《かたず》を呑んで成り行きを見守っていた潤は「は、はいっ」と弾かれたように背筋を伸ばして返事をすると、さっそく遥に言われたとおりコーヒー店に予約を入れるため、インターネットで検索し始めた。

本来は、会議は『bravo!』本店の入ったビルの上の階に居《きょ》を構える、クロサワ遊興の事務所で行われる予定だった。貸し会議室を黒澤運送近くに借りれば遥の移動時間が短縮できる。

佳人は遥がなんとか時間をやりくりして、高鳥とも橋本とも会う算段をするつもりなのだと悟った。

「高鳥社長に時間だけ変更していただくんですね」

貸し会議室を押さえて関係者に連絡する仕事は潤が真剣そのものの顔つきでやっている。ここは信じて任せたほうがいい、もう失敗は犯さないだろうと判断して、佳人は遥の許に歩み寄る。ちゃんとやるかどうか今ひとつ信用できなくて、ついうるさくかまいすぎ、その気はなくても潤を半人前扱いしているような空気を佳人が漂わせていたのかもしれない。そのために潤がムキになったり、頼りたくないと思ったり、何度も聞きたくないと意地になったりしていたのだとしたら、佳人の側にも反省すべき点はあった。指導する立場というのは加減や見極めが大事で、難しいとひしひし感じる。

遥は執務机の前に立った佳人を一瞥し、意外にも「いや」と否定した。

「タカトリフーズの社長は、知ってのとおり、感情の起伏がすこぶる激しく、怒らせたら一発でこれまでの取り引き実績をなかったことにすると言い出しかねない難しい人物だ。うちにとっては逃すと痛手の大きい大得意だが、有名冷凍食品加工会社の向こうからしたら、うちなどいつでも差し替えの利く吹けば飛ぶような弱小取引先の一つだ」

それでも、これまで数年かけて遥が血の滲むような努力をしてきたおかげで、傍若無人で気難しい癇癪《かんしゃく》持ちの社長に気に入られ、社長自ら遥に直接電話してくるまでの関係になったのだ。秘書の迂闊《うかつ》な振る舞いでその苦労を水泡に帰させるわけにはいかない。

「ですが、だからといって三週間以上前から決まっている松山物流サービスさんとのアポイントメントをずらすわけにはいかないかと」

松山物流サービスとの関係も決して蔑《ないがし》ろにできない。担当の橋本部長は神経質なくらいきっちりとした性格の人物だ。細かなことにも目が行き届き、重箱の隅をつつくようにクレームをつけてくる。マニュアル通りに事が進まないと納得しない融通の利かなさを感じる。

そんな相手に、こちらの不手際が原因で時間の変更を頼んでも、突っぱねられるのがオチではなかろうか。理由を聞かれて正直に説明すれば、橋本部長は渋面になるのを通り越して怒りだすのではないかと心配になる。

「橋本部長には俺から謝る。木曜の午後なら何時でもいいような話だった。三時と指定したのは俺のほうだ。それをまた、こっちの都合で二日前になって変更させてくれと頼めば、嫌味のオンパレードに晒されはするだろうが、そんなのはたいしたことじゃない。人と会う用件はできるだけ同じ日に重ならないようにしている、と以前おっしゃっていたから、そのとおりだとすれば交渉の余地はある」

遥には僅かの躊躇いもないようだ。

きっと、秘書が不手際を起こしまして、などと弁明をしようという考えは頭を過りもしないいんだろうな、と佳人は確信できた。今回の件だけではなく、遥はずっとこうだ。以前佳人が大きなミスをしでかしたときも、先方には自分のミスだと言って謝罪したらしい。後からその話を情報通の山岡づてに聞いて、とても驚いた。

「すみません、あの。貸し会議室、取れました。赤井さんたちにも連絡しました」

受話器を置くなり、潤が椅子からガバッと立ち上がって声を上げる。

「こちらもどうにかなりそうだから、きみは谷畑遊機の担当者宛にメールを。話はもう社長がつけてくださっているから、新しく決まった事項を、簡潔に、間違いなく知らせるだけでいい」

「わ、わかりました……っ」

潤は佳人の言葉に従い、すぐにまたストンと椅子に腰を下ろし、今度はパソコンと向かい合う。まだ少し平常心を取り戻せていないのか、マウスをクリックする指が小刻みに震えてぎこちない。普段は鼻歌でも歌いながらこなしている仕事も、今日は目を皿のようにして、これ以上の失敗は許されないと過度に気を張り詰めさせているのがわかる。そうなるよな、と佳人は潤の身になってやれた。

遥は遥でさっそく松山物流サービスに電話を入れている。

「お世話になっております。黒澤運送の黒澤と申します。営業部の橋本部長はおいでですか」

ここにいて、遥と先方の遣り取りをじっと聞いていても仕方がない。

佳人は遥が取り次ぎを待っている間に、すばやく声をかけた。

「福岡出張、予定通りですよね？」

ああ、と遥が目で頷く。

佳人は一礼して遥の傍を離れると、潤が座っている秘書用デスクに戻った。

潤は真剣そのものでメールの文面を打っている。

その横で、佳人は自分のスマートフォンを使って航空会社のホームページで発着便に遅れや変更が出ていないか確認し、空港までの道路状況も調べておく。どちらも今のところ問題ないようだ。運転手の中村に「朝の打ち合わせどおりで変更はありませんので、三時にはここを出発できるよう準備しておいてください」と連絡する。

それから佳人は、さっきやろうとしていた、遥の机に積まれた書類の仕分けに手をつけることにした。

「ええ……誠に申し訳ありません。私のほうの急な都合で……はい。はい、もう、おっしゃるとおりです」

遥は受話器のカールコードを伸ばし、窓の方に体ごと向けて、神妙な声で橋本部長と話をしている。なにせ、三週間以上も前から決まっていた事案だ。よほどの事情がなければ心情的に認め難いだろう。

急遽入れた予定を優先するとなると、自分のところよりもそちらのほうが重要度が高いということか、と穿った見方をされても仕方ない。せめて言い訳の一つでもしてみせろ、と思うのも人情だ。ただ謝られるだけでは、なかなか気が収まらないものだ。いっそ、もう一方がごり押しするからとか、それこそ正直に、秘書が至らずダブルブッキングさせてしまって、などと愚痴の一つでも零《こぼ》されたほうが、とりあえず納得しやすいのではなかろうか。相手に不信感を覚えたときや喧嘩をしたとき、なんでもいいから言い訳してみてくれ、と思うことが人にはままある気がする。理由さえわかれば許すのにと、本音は許したいからこそ思うのだ。

もうしばらく橋本部長との電話に時間を取られそうな塩梅《あんばい》ではあったが、佳人は、遥ならばきっとうまく話をつけるだろうと信じられて、気を揉む必要は感じなかった。

執務机の傍らに載せてある書類の束を預かり、応接コーナーのローテーブルで仕分けする。出張前に決裁が必要なもの、明日の夕方帰社してからでもかまわないもの、そして、佳人には判断がつかなくて遥に見せなくてはならないもの、の三つに分類した。

その間に潤はメールを送信し終えたと佳人に報告してきた。

ほどなくして、遥のほうもケリをつけたようだ。

「ありがとうございます。本当に助かります。それではあらためまして、木曜の四時にお待ちしております」

丁重にお礼を言って電話を切る。

「あ、あのっ、社長……！」

居ても立ってもいられなくなったように潤が席を立って遥の許へ行く。

「スケジュール、今度こそちゃんと書いておけ」

遥はぶっきらぼうに言い、潤に大きめのメモ紙を突き出す。

それを潤は深々と頭を下げて両手で受け取ると、心底ホッとした様子で「すみませんでした」と張りを取り戻した明るい声で言う。

どうにか調整がついたようで佳人も安堵する。

「社長。すみませんが、こちらとこちらに至急目を通していただけますか。あと一時間です」

潤と入れ替わりに仕分けした書類を持っていき、てきぱきとお願いする。

「ああ。すぐ見る。すまんが、コーヒーを一杯くれ」

「お安いご用です」

「あ、久保さん、俺が」

「いい。それよりきみはスケジュールをもう一度頭の中で整理して、最低三日先までは空で言えるようにしておく癖をつけろ。ただし、頭に入れているからといって、スケジュールを確認する必要ができたとき手帳を見る手間を省いていいと言っているわけじゃないからな」

佳人はぴしゃりと言って潤を引き下がらせ、社長室の隅に設けられた簡易給湯コーナーでコーヒーを丁寧にペーパーフィルターで淹れた。

これから遥は福岡に飛び、今夜は佳人の許には帰ってこない。そう思うと、今精一杯遥のためにできることをしたかった。

「どうぞ」

湯気の立つカップを執務机の上に置く。

「ああ」

遥は書類から目を上げずに返事だけした。

そのときの二人の雰囲気が潤にはよほど印象的だったらしい。

「なぁんか……久保さんと社長ってやっぱり……」

佳人と二人で遥が社用車で空港に向かうのを見送ったあと、潤がポリポリとこめかみのあたりを掻きながら呟いた。中途半端に言葉を途切れさせ、潤はなぜかじわっと顔を赤らめる。

なんできみが赤くなるんだ、と佳人はおかしかったが、「ほら。ボケッとしてないで、さっさと仕事に戻るぞ」と急き立てるだけにして、よけいな口はそれ以上叩かせなかった。

遥は三時少し前に出立し、四時過ぎには遥を空港まで送っていった中村が帰社した。

「飛行機は定刻に出発するようでした。今頃ちょうど離陸しているかと」

中村から報告を受けた佳人は、

「ええ。無事発った頃ですね。いつも安全運転でありがとうございます」

と労《ねぎら》った。

とんでもありません、と中村は恐縮し、優しげな目尻の皺を一段と深くする。

二階から下りてきた潤が、「郵便局に行ってきます」と告げて外に出て行ったので、佳人は社長室に戻った。

ここ最近はほぼ潤に譲っている秘書用のデスクにつき、久々の感覚を味わう。

まだ退社の時期を遥と相談していないが、長くても年内いっぱい、短ければ今月末で、という可能性もなきにしもあらずだなと考える。

秘書席から眺める社長室の風景もそろそろ見納めだと覚悟したほうがいいのかもしれない、と思うと、寂しい気分になってくる。

トゥルルルル、と電話が鳴りだした。

佳人は即座に気持ちを引き締め、電話を取った。

『やぁ、佳人くん。先日はコーヒーご馳走《ちそう》さま』

山岡だ。山岡はいつもの調子で挨拶したあと、ぐっと声音を低め、一転して真面目で重苦しい調子で『社長、今電話に出られるかな?』と聞いてきた。

「申し訳ありません、あいにく黒澤は外出しておりまして」

『……え？』

山岡は不審そうな声を出す。男らしい太い眉を顰《ひそ》めたのが目に浮かぶようだった。

『出掛けたって、もう湘南《しょうなん》に向かったの？』

「……？　湘南？」

話が見えず、今度は佳人が訝しむ番だった。

『え、ひょっとして連絡来なかったのか？　黒澤は今どこにいるんだ？』

「福岡に向かう飛行機の機内です。あの、すみません、山岡さん。いったい何があったんでしょうか。こちらは何も聞いていないんですが」

にわかに不穏な気配が漂い始め、佳人は嫌な予感を覚えた。緊張して受話器を持つ手に力が入る。知らず知らず耳に強く押し当てていた。

『おかしいな。内村《うちむら》さんから昼頃そっちにも連絡がいってるはずなんだが』

昼頃――佳人はハッとして、机の脇に置いてある屑籠《くずかご》を見た。一番上に正方形のメモ紙が何枚か、破られもせずにそのまま捨ててある。

拾い上げて机の上に並べてみると、中の一枚は先ほども見た高島の電話を受けたときのメモだった。他に二枚、似たような殴り書きの文字が乱雑に書かれたメモがあったが、いずれも相手先を見ただけで佳人にも用件がわかるような業者絡みのもので、山岡が言わんとしている件に該当するものはなさそうだった。

やはり受けてないようですが、と山岡に返事をしかけて、何気なくメモを裏返したところ、そこにも字が書かれていることに気がついた。

「待ってください。これかな。『19時開始』『しょうなん』『がっしょうでん』」

よほど慌てて書きつけたのか、漢字ではなくひらがなだ。しかも、他のメモの裏面。嫌な予感は的中したようだった。

「もしかして、どなたかお亡くなりになったんですか？」

『今朝十時過ぎに、元鶴吉《つるよし》紙業《しぎょう》の田所《たどころ》氏が急逝されたんだ。退職されたときは常務だったんだが、俺も黒澤もずいぶん可愛がっていただいていた。訃報を聞いてショックだった』

「えっ、その方ならおれも存じ上げています」

佳人は後頭部を強打されたかのような衝撃を受け、目を大きく瞠った。

「つい先月、湘南のご自宅で初めてお目にかかりました。先方が社長に、会いたいと手紙をくださって」

十月半ばの土曜日だったので、一ヶ月と少し前の話だ。

「信じられません……！」

あのときはお元気に見えた。佳人はあまり話していないが、遥はずっと酒の相手をさせられていた。遥を息子のように可愛がっているのが傍目にもよくわかり、なかなか帰したがらず、夜まで引き止められた。遥もまんざらでもなさそうだった。

『そうか。それじゃあきみも驚いただろう』

「はい」

まさか、と今こうして山岡と話をしていても、悪い冗談でも聞かされている心地だ。

『で、黒澤は知らずに出張に出てしまったわけか』

「こちらの伝言洩れです。申し訳ありません。ご連絡は確かに受けていたようです」

佳人は紙片を見下ろし、唇をグッと一噛みする。

おそらく潤はこの訃報を受けた直後に高鳥社長の秘書からの電話を受け、訃報のことは綺麗さっぱり頭から飛ばしてしまったのだろう。潤のような若い社会人経験のない青年には、人の死や式典についてはまだまだ馴染みの薄い事柄で、会社として何をどう手配すればいいのかわからなかったとしても無理はない。それでも、通常であれば聞いたとおりきちんとメモを清書して遥か佳人に伝えたはずだが、今回はそれどころではなくなる事態が起きてしまった。あまりにも間が悪すぎた。

よりによって、と二重の不手際に頭を抱えたくなるが、だからといって潤を責めたところでどうなるものでもない。こういうことは起きるときには起きるのだ。

佳人が考えなくてはいけないのは対処の仕方だった。

「社長の乗った飛行機は、福岡空港に六時過ぎに到着予定です。すぐに羽田便でとんぼ返りしたとしても、お通夜が七時からならとても間に合わないと思います。飛行中は電話も通じませんので、指示を仰ぐことができません」

『状況から見て、黒澤には一報を入れるだけ入れて、通夜にはきみが出たらどうだ。黒澤もきっとそうしろと言うだろう。黒澤は明日の朝一の便で戻れば十時からの葬儀には出席できる』

「そうですね」

遥にどうすべきか伺いを立てたなら、山岡が言ったのと同じように返ってきそうだ。

『五時にそっちに迎えにいくから、俺の車で一緒に行こう』

「いいんですか？　おれは助かりますが」

『いいもなにも、元々俺は黒澤を誘うつもりで電話したんだぜ。彼がきみに代わったところで、手間は同じだ。黒澤は嫌かもしれないが、まぁ、事情が事情だし、あいつは俺よりもっと田所のご隠居《いんきょ》に世話になったみたいだし、恩義を感じているはずだから、今度ばかりは何も言わないだろう。俺と黒澤を引き合わせてくれたのはご隠居なんだ』

「そうだったんですか」

佳人自身は一度しか会ったことがないながら、あの遥が頭が上がらないほど慕っていた人物として、強く印象に残っている初老のご隠居の姿を脳裡に甦《よみがえ》らせ、感慨深い気持ちになった。

まだまだこれからも会いに行こうと思えばいつでも会えると、普通に思っていた。

その人があっという間に亡くなってしまい、あの時の訪問が結局最後になったのだとは、にわかには信じられない。

遥も耳を疑うに違いない。さぞかし通夜に出たかっただろう。だが、遥なら、やはりこの伝言洩れに怒るより、自分に今できることをするというスタンスを貫く気がする。

――幸か不幸かわからんが、亡くなった人はもう急がない。いつでも待っていてくれる。

遥ならそんなふうに言う気がした。心では泣くのだろうけれど。

「山岡社長、では、どうかよろしくお願いします。喪服はロッカーに常備してありますので問題ありません」

『じゃあ、後でな。あ、新人くんにはこのことちゃんと言えよ。黙って処理されたらかえってプライドを傷つけることになるからな』

「はい。承知しています」

すべてを言わずとも事情を察する山岡は、案外神経が細やかに行き届く男だ。その上、懐の大きさも感じさせる。やはり、遥がブツブツ文句を垂れながらも付き合い続けているだけのことはあると、あらためて思った。

ガチャリ、と社長室の扉がいきなりノックもなしに開けられる。

「ただいま戻りましたー」

相変わらず語尾を伸ばしたがる癖が抜けないようだ。

秘書用のデスクについたまま、きつい眼差しを向けた佳人と目が合うと、潤はハッとしたように気まずい表情になり、風船が萎《しぼ》むように消沈した。

「あのぅ、すいません……さっきのこと、反省してます……」

「立ち直りが早いのは悪くないと思う。でも、喉元過ぎれば、は困る」

佳人はピシャリと言ってのけつつ、椅子を立つ。

「それから、社長室に入るときはノックしてからドアを開けること。ノックなしに入ってもいいのはこの部屋の主である社長だけだ。勘違いしないように」

「あ、あ、そっか、はい！」

潤は長く伸ばした前髪を掻き上げ、うっかりしていたとばかりに小さく舌を出す。

「それから、これ」

続けて佳人はさらっと本題に入った。

佳人が手にして掲げたメモに、潤は訝しげに目を凝《こ》らす。急ぎ足で歩み寄ってきたのは、また何かミスをしでかしたのかと不安に駆られたからだろう。

「さっき山岡社長からお電話をいただいて、社長が昔お世話になった方がお亡くなりになったと聞いた」

アッ、と潤が大きな声を出す。

本気で今の今まで忘れていたようだ。

「そ、そうだった……俺、とりあえず書き留めたメモを、読める字で書き直そうと思ってたのに、そのまま忘れてました。すみません！　どうしよう、久保さん」

高鳥の一件がどうにか落着し、激しい緊張と恐れから解放されたばかりだった矢先に、また新たな失態を重ねていたことがわかって、潤は情けなく顔を歪め、オロオロする。

「やっぱ、俺、無理です。この仕事、向いてない」

「じゃあ辞める?」

佳人は安易に慰めず、いっそ冷たく感じられるであろう硬い声で切って捨てるように言う。

えっ、と潤は目を瞠《みは》り、たじろいだ。口では軽々しく辞めると言うが、実際はそう簡単にはいかないし、引き止められると頭のどこかで期待しているから、あえて言葉にしてみるのだ。半分は甘えだと佳人は見抜いていた。だから逆に、辞めるかと突っ込まれると、予想した反応と違うので狼狽える。潤の場合まさにそんな感じだった。

「たった二週間しか勤めずに、失敗続きで自分が嫌になったから辞めるなんて、おれだったら不《ぶ》様《ざま》すぎて嫌だな。しかも、きみのしでかした失敗は、すでに周りがフォローして事なきを得ている。たとえば自分のせいで会社に億単位の損害をさせて、どうにもならなくなったとかいうわけではない。もちろん、同じ過ちを何度も繰り返したら、それはどんな些細な事であれ許し難いけど、次からは絶対しないという気概を見せて、そうなるように努力する心づもりがあるなら、べつに辞める必要はないと思うけど。うちだって、つまらないミスでいちいち辞めるの辞めないのと騒がれたら、そっちのほうが迷惑だし、がっかりだ」

言葉はきつくても、佳人は決して怒っていなかったし、このまま潤にもっと仕事を覚えて、企業人としての常識を身につけ、成長してほしいと心から思って言っていた。遥の秘書の座を譲ること自体には正直まだ少し抵抗はあるが、それも前ほど強くは感じなくなっている。このまま自然な流れで佳人自身は秘書を卒業するのかと納得し始めている。知らず知らず意識は変わるものだと身に染みて感じていた。

「向き不向きを語るほどまだやってみていないだろ。きみ、意外と諦めがいいんだな。全然そんなふうな感じはしないけど」

いつにも増して辛辣《しんらつ》な物言いをするからか、潤は違う人を見るような眼差しで、佳人を唖然《あぜん》と凝視する。

「でも、社長……お通夜のこと知らずに……」

しどろもどろに心配する。

「それはもう仕方がない。幸い、おれも故人に一度お目にかかったことがある。喪主の奥様とも面識があるから、通夜にはおれが社長の代理で出席する。五時に山岡社長が迎えにきてくださることになった。きみは社長が福岡空港に到着する頃、携帯に電話を入れてこのことを知らせてくれ。明日の葬儀は十時からだそうだから、どうするかお伺いしろ。おそらく出席するとおっしゃるだろう。そうなったら復路の航空券の予約変更だ。あと、中村さんにもスケジュールの変更を必ず伝えること。喪服と香典の用意。どれも抜かすなよ」

「は、はいっ」

やるべき事をてきぱきと指示すると、徐々に潤の顔に精気が戻ってきた。よかった、と佳人も一安心する。やる気をなくした人間を奮起させるのは大変だが、潤はまだそこまで投げやりになってはいない。失敗続きで萎縮してはいるだろうが、元々があっけらかんとした性格をしているので、一つ一つ熟《こな》していけばそのうち自信をつけていくだろう。

たぶん、なんとかなる気がする――佳人は潤にデスクを譲り、着替えのためにロッカーに向かいつつ明るい見通しを立てた。気難し屋の遥には、潤のような立ち直りの早い、根に持たないタイプの人間のほうが、ただ仕事が完璧なベテランの秘書より合っていると思う。失敗を恐れず経験を積めば、案外遥といいコンビになるかもしれない。

それはそれでちょっと複雑ではあるが、佳人には、プライベートでのパートナーだという自負がある。遥が仕事を終えて帰ってくる先は、佳人もいるあの家だ。そこさえ変わらなければ、二人の関係は揺るがないと信じられた。

パーティションの陰でスーツを喪服に着替え、ネクタイを締め直す。

香典袋と数珠《じゅず》も用意した。

そうこうするうちに五時になり、一階の女性事務員が山岡が来たと内線で知らせてきた。

「それじゃあ、あとは頼む。おれはこのまま直帰する」

「はい。わかりました」

潤は気を張り詰めさせた様子で「い、行ってらっしゃい……ませ」とぎこちなく佳人を送り出す。いずれ言葉遣いも秘書らしくしっくりとくるようになるだろう。

「飛行機の予約変更、中村さんへの連絡、忘れるなよ」

ドアの手前でもう一度だけ念を押し、佳人は潤が真剣な顔つきで頷くのを確かめた。

一階に下りると、山岡が受付カウンター越しに、頬を染めた女子事務員を相手に「次はきみを乗せるよ」などと軽口を叩いていた。

「お待たせしました」

佳人が傍に近づいていくと、山岡も背筋を伸ばして堂々とした立ち姿を披露する。

「喪服も似合うんだな。黒澤のところの美人秘書さんは」

「あなたこそ、礼服姿もご立派ですよ」

淀みなく返して、佳人は山岡の後について社屋を出る。

山岡の車は来客用の駐車スペースに駐められていた。白い乗用車の助手席に座る。ドアを開け閉めする山岡の態度はさすがに慣れていてスマートだった。そのわりに車は思っていたより地味で、意外と堅実で真面目なのかもしれない、と思う。

「初デートだな」

山岡は不謹慎なセリフを吐いてニヤニヤしていたが、口先だけなのは目が笑っていないことから察せられた。気持ちの大半は、脳卒中で急逝したという故人を忍ぶ思いに向いているのだ。

「安全運転でお願いします」

「もちろんだ」

山岡はゆっくりと車を黒澤運送の敷地内から車道へと出しながら答える。

「きみに何かあったら、俺は黒澤にどんな目に遭わされるかしれない。遭わされても、仕方がない。心得ているから安心してくれ」

「山岡さんは、案外いい人なんですね」

「今頃気がついたのか」

佳人の言葉に山岡は心外そうに苦笑する。

「そのうち、山岡さんにお似合いの素敵な人が見つかりますよ」

冗談でも気休めでもなく佳人は言った。

「たまには優しいことを言ってくれるんだな、きみも」

「ええ、まぁ」

もしあのご隠居が生きていたら、やはり同じことを山岡に言ったのではないか。遥と愉しげに語らい合っていた姿を反芻《はんすう》し、そんなふうに思った。

喋るのをやめた山岡は、真剣な面持ちで真っ直ぐ前方を見据えてステアリングを握っている。

明日の葬儀には遥と並んで参列したい。佳人は強く願った。

そうすることがなによりの手向《たむ》けになる気がしたのだ。

＊

「お疲れ様でした」

葬儀に出席したあと、中村の運転する社用車で遥と共に帰社すると、わざわざ潤が下まで出迎えにきて、二人に向かって深々と頭を下げた。

驚いたことに、潤は髪を黒く染め直した上に短く切って整えており、別人のように印象を変えていた。昨日は直帰、今朝は十時から鎌倉《かまくら》市内で執り行われた葬儀に参列するため自宅から直行したため、佳人は潤がこんなふうにしていたとは露知《つゆし》らず、驚いた。

空港から直接中村が葬儀場に連れてきた遥もむろん同様のはずだが、遥は別段驚いている様子はなかった。単に顔に出さなかっただけかもしれないが、ちらりと一瞥しただけで、何も言わずにさっさと二階へ上がっていった。

「どういう心境の変化？」

佳人はそっと潤に耳打ちする。

「久保さんを見習って、まずは見かけからそれらしくしようかなと……」

「そうこられたら、なんと言っていいかわからないけど、悪くないよ。うん、全然悪くない」

「……久保さん、人を褒めるの下手ですね」

潤はあからさまに溜息をつき、がっかりした顔をする。

これでも精一杯言葉を選んだのに、と佳人はムッとしたが、確かにあまり気の利いた返事ではなかったかもしれない。佳人は褒めるのも褒められるのも苦手だ。心の中では山ほど褒めているのだが、いざ言葉にしようとすると出てこない。遥も佳人とおそらく同類だ。

「きみがそうやって少しずつでも自覚を持つようになるのは、すごくいいことだと思う。おれも安心して後を任せられる」

「でも、まだ当分は辞めないんでしょ。っていうか、辞めないでください」

「さぁね。どうなるかわからないよ」

茶化す振りをして笑って答えつつ、佳人は心の奥で、そろそろ自分も引く頃合いをはっきりさせなくては、と腹を据えていた。

その晩、佳人は遥を自分からベッドに誘った。

「平日の夜におまえから欲しがるとは、珍しいな」

「たまにはいいでしょう」

べつにだめだとは言っていない、と遥は目で答える。

「ご隠居さんと最後のお別れをしたことで、ちょっと感傷的な気分になっているのかもしれません。一度会っただけのおれでさえこうです。遥さんは、大丈夫ですか……？」

「……ああ」

亡くなった人について、遥は多くを語らない。実の弟に関してもそうだ。そのため佳人には遥

の精神状態が摑みにくく、心配で仕方がないのだが、聞いたところで答えはしないとわかっている。だから、せめて体を繫いで遥と寄り添いたいと思うのだ。

「本当に、信じられないほど急でしたね」

「なんとなく、予感はしていた」

遥はぼそりと言う。

「数年ぶりにいきなり手紙をもらって会うことになったときから、こういうのは映画や小説だとあまりいい前触れではない気がすると思っていたが、冗談ではなくそうなってしまった。べつに妙な胸騒ぎがしたとか、そういうわけではなかったんだが」

「大丈夫ですか」

佳人はもう一度聞いて、遥の顔を上からじっと見つめた。

「おまえにはどう見える？」

逆に聞かれ、佳人は慈愛を込めた眼差しを遥に据えたまま、微《かす》かに唇を綻ばせて微笑した。

「あなたは大丈夫です。おれがついているから」

遥は一瞬目を瞠り、それからおもむろに小気味よさそうにフッと吐息を洩らした。

「責任、取れよ。その言葉」

「喜んで」

今夜の自分は我ながらびっくりするほど大胆だ。遥にはさぞかし生意気に映っているだろう。

佳人はベッドの上に裸で仰臥《ぎょうが》した遥の膝を跨《また》いで座ると、枕に埋もれた遥に顔を近づけた。唇を塞いでも目を閉じようとしない遥の黒い瞳にドキドキしながら、湿った粘膜を何度も接合させ、啄《ついば》むようなキスを愉しむ。

遥はされるままを受け入れ、シーツに投げ出した腕や足を動かそうともしない。ただ、美しく筋肉のついた胸板は、何も感じていないわけではないことを知らしめるかのように、心持ち深い呼吸に揺れていた。

唇をこじ開け、温かな口腔《こうこう》に舌を差し入れ、キスを深くする。

喘ぎ声を出す代わりに形の整った眉がピクリと動く。

もっと遥の反応を引き出したくて、佳人は手のひらを胸板に這わせ、滑らかな肌の感触を堪能した。

心臓が鼓動を速めている。

舌を搦《から》め捕《と》って強めに吸い上げると、再び眉根をせつなそうに寄せる。

佳人のようにあられもない声で喘ぎはしないが、感じていることは表情の動きや動悸、ぐんと色香が増した肌の艶や熱、匂いなどからつぶさにわかった。

「今夜はおれの好きにさせてください。遥さんはおれに何もしなくていいですから」

濡れた口を離して、早くも少し息を乱しながら言う。

遥は目を細めて面白そうに佳人を見上げた。

「もうとっくに好きにしているじゃないか」

「そうでしたね」

佳人は悠然と笑ってみせ、体を少し下にずらす。

いつも遥がしてくれるように、佳人も遥の乳首を弄ってもっと感じさせたかった。

だが、指で摘んで擦り立てたり揉みしだいたりしても、遥の胸の粒は僅かに硬くなっただけでさして変化しない。キスほどには感じないようだ。

それでも、左右を交互に口で吸ったり、舌先で弾いたり擽《くすぐ》ったりしてかまううち、少しずつ感度が上がってきた気がする。

脇に指を辿らせながら、唾液で濡れた乳首をもう一方の手で乳暈ごと摘んで刺激し、僅かに膨らんだ突起を舌でつついてやると、遥がピクリと胴を揺らし湿った息をつきだした。

やはり、ずっと弄り続けていると神経が集まって敏感になるようだ。

「前に触ったときは、最初からこのくらい感じてくれていた気がするんですが」

「……知らん」

遥はぶっきらぼうに返すと、首を倒してそっぽを向く。

「ここ、気持ちよくないですか。もちろん、下のほうが断然気持ちいいとは思いますけど」

「俺にいちいち聞くな。今夜はおまえが好きなようにしたいんだろう」

「言葉責めですよ」

ふふ、と佳人は余裕で遥の鋭い一瞥を受けとめる。

「そんなになんでも許されるのなら、ガウンの紐で縛ってみるのもありですか」

「縛りたいのか」

遥に冷静に聞き返されて、佳人は少し考えたあと、「いいえ」と首を振った。

「おれは、達くとき遥さんにおれを抱きしめてもらいたいので、縛るなんて、そんなもったいないことはしません」

言っている間にも、遥の太く逞《たくま》しいものを身の内に迎え入れ、思うさま突き上げられて抱き竦められながら禁を解く瞬間の法悦《ほうえつ》を思い出し、欲情してきた。

お喋りはそこまでにして、さらに体の位置を下げる。

今度は遥の開いた足の間に身を置いて、股間の屹立に躊躇うことなく舌と口を使った。

先端を口に含んで吸い上げ、括れた部分を舌で辿り、硬く張り詰めた長い陰茎を、棒型のキャンディを舐めるように味わう。

キスと胸への愛撫で完全に勃起していた陰茎は、すぐに先端を湿らせだした。

亀頭の小穴に尖らせた舌先を捻り込むようにすると、遥は堪らなそうに息を詰めてヒクヒクと猥りがわしくそこを収縮させ、やがてトロリとべたついた淫液を溢《あふ》れさせた。

佳人は嬉々《きき》として遥の先走りを啜り、愛しい男の分身を喉の奥深くまで迎え入れた。じゅぷじゅぷと淫猥《いんわい》な音をさせつつ竿全体を口淫する。

頭上で遥が息を荒げだし、時折抑えきれなくなったように微かな喘ぎを洩らすのが聞こえてきて、佳人はますます昂った。

シーツに膝を突いて左手と口で遥に奉仕しながら、右手を自らの掲げた腰に回す。

佳人の陰茎もいきり勃ち、ぬるつく粘液で先端をびしょびしょにしていた。自慰するように陰茎を二、三度扱き、指を濡らす。それを後ろにやって、尻の間に息づく秘部に擦りつけた。

普段は遥に任せている後孔を解す行為も、今夜は自分の指でした。

緻密に寄った襞を掻き分け、濡れた指を狭い筒の中に差し入れる。

自分の体だが、遥がしてくれるときほど上手に、十分には解せない。

付け根まで人差し指と中指を揃えて穿ちつつ、遥の指はもっと長くて節が大きく、こうしてぐちゅぐちゅと抜き差しされただけで脳髄に痺れが走るほど感じるのにと、ままならなさに焦れてしまう。

「手伝うか」

遥に下から見上げられ、揶揄するように声をかけられて、佳人は強情に首を横に振る。

「勝手にしろ」

遥は遥でこのシチュエーションを愉しんでいるようだ。たまにはこういうのも新鮮で面白いと思っているのが伝わってくる。

「んっ、ん……、うう」

激しい水音をさせながら遥の長大な陰茎をしゃぶる一方で、後孔の窄《すぼ》まりを二本の指で掻き回す。想像しただけで死にたくなるほど恥ずかしい姿だったが、ここには遥と自分しかいない。佳人はなりふりかまわずはしたない振る舞いを続け、淫らな嬌声と熱っぽい喘ぎをひっきりなしに上げてどんどん高まっていった。

たっぷりと遥の陰茎を濡らし、これを受け入れても大丈夫なくらいにまで後孔を寛げて、佳人は再び遥の胴に跨がった。

左手で遥の陰茎の根元を支え、尻をずらして位置を合わせ、腰を落とす。

ずぷっ、と硬い先端が柔らかく蕩《とろ》けた襞をこじ開け、エラの張った部分までいっきに収まる。

「はああっ、あ、あぁ」

狭い器官を穿たれ、内壁をしたたかに擦られて、まだほんの先っぽを受け入れただけだというのに、はしたない声が出る。

押し開かれた秘部の襞は裂けそうなほど広げられ、太い陰茎をキュウッと絞り込むように隙間なく密着している。

その襞を巻き込むように、張り詰めた茎の部分も徐々に体の中に呑み込んでいく。

「あっ、あ、ああ……っ。お、大き……いっ！」

「おまえのせいだ」

遥の声もぐんと色香を増している。

佳人の中がよほど心地いいのか、目に恍惚とした色が浮かび、僅かに開いた口から熱っぽい息を洩らす。硬く張り詰めた陰茎は猛々しく脈打っていて、溜まりに溜まったものを早く佳人の中に放って果てたいと騒いでいるようだ。

「……動けないのは、もどかしいものだな、佳人」

「だめですよ、遥さん」

まだあともう少し残っている。

佳人は両脇に置かれた遥の腕をシーツに押さえつけ、腰を無理やり引き下ろされないようにした。前にそれをされて、意識が飛んでしまいかけたほど激しく感じさせられたことがあるのだ。

「あ、すごい。擦れて……気持ち、いい……」

湿った内壁を適度に撓《しな》る太く熱いもので擦られ、ズン、と奥を突き上げられて、佳人は顎を大きく仰け反らせ、乱れた声を放つ。

「ああっ、う、くっ……」

下から深々と貫かれ、みっしりと腹の中を埋められた状態で、佳人は喘ぐように息をする。僅かでも身動ぎすると、穿たれたところからビリッと電気のような刺激が生まれ、神経を通って全身に広がる。鞭《むち》で打たれたような衝撃に官能を揺さぶる痺れが混ざったような快感が、頭の天辺から爪先まで瞬時に伝わり、感じやすい佳人の体を淫らにいたぶる。

佳人の股間は恥ずかしいほどそそり勃ち、ヒクヒクと先端の小穴をひくつかせている。遥のものより一回り大きく赤みの強い乳首も、触ってと媚びるように膨らみ、ツンと突き出ていた。

「物欲しそうだな」

遥は佳人の乳首を見て色っぽく笑う。欲情した眼差しは熱っぽく、思わず佳人はゾクリと体の芯を震わせた。

触れてほしい。舐め回し、吸われたい。痛いくらいに噛んで感じさせてもらいたい。

佳人が遥の腕を押さえた手の力を抜くと、遥は待ちかねたように枕から頭を上げて勢いよく上体を起こし、佳人の腰に左腕を回してグッと引き寄せた。

「アアッ！」

狭い器官で大蛇が暴れるように荒々しく陰茎を動かされ、佳人は尖った悲鳴を放って悶えた。

遥と向き合う形で、座位で繋がり合った格好になり、あっという間に主導権を奪われる。

二人の体格差は歴然としている。このまま遥に腕ずくで反対に押し倒され、のし掛かってこられたら、佳人にはとうてい撥《は》ね除けられない。

そうなる可能性を承知の上で、それでも遥に胸や股間を弄られたい、今度は遥のほうから積極的にキスしてほしいと望んだのは佳人だ。

「触ってほしかったんだろう」

「……はい」

はにかみながら佳人は答え、睫毛をふるっと震わせた。

「ここも、ここも、いやらしい色にしているが」

「お願いです、遥さん。焦らさないで、してください」

胸の突起も猛った雄芯《おしん》も熱を孕《はら》んで痛いほど膨らみ、疼いている。

「それより、俺はまずこっちで一度達かせてもらいたいな」

言うなり遥は佳人の腰を両手で摑み、荒々しく下から腰を突き上げた。

「ひいぃっ、あっ、あ！」

たまらず佳人は上体を弓形に反らせて悶絶《もんぜつ》した。

咄嗟に遥の肩に縋り、爪を立てる。

したたかに奥を抉られ、惑乱するような悦楽に襲われた佳人は、あっけなく禁を解いていた。

「あぁぁ」

全身が瘧《おこり》に罹《かか》ったように震え、歯の根が合わずカチカチと小刻みに音を立てる。

開きっぱなしの唇の端からは唾液が糸を引いて滴《したた》り落ちる。

「どうした。もうイッたのか」

「は、遥さん……ああっ、だめ、動かさないでくださ……、ひうっ、あ、あっ」

達した直後は体が些細な刺激にも過敏に反応してしまう。わかっていながら遥は、動かないでくれという佳人の頼みを無視し、腰をゆさゆさと揺すりながら、腫れたように肥大した乳首に触れてくる。

乳暈ごと指で括り出し、淫らに色づいた乳首の先端を口に含み、蜜を吸い出すように強く吸引する。

「ひ……っ、いやっ、あああっ」

佳人は顎で天を衝くほど大きく頭を反らせ、目から涙を振り零して悲鳴を上げた。

遥の胴を跨いだ太股ははしたなく痙攣し、遥の怒張を銜《くわ》え込んだ後孔は、きゅうっと襞を窄める。そのため、狭い器官をみっしりと埋めた雄芯の脈動がつぶさに感じられ、遥と繋がり合っている幸せをいっそう強く噛みしめた。

「遥さん。遥さん、狡い……狡いです」

両の胸を交互に吸われて、ビクッ、ビクンッと腰を打ち振りながら、佳人は遥の髪に指を入れ、ぐしゃりと掻き交ぜる。

「今夜はおれに最後まで仕切らせてくれそうな気配だったじゃないですか」

「気が変わった」

遥はにべもない。

うるさい口だ、と言わんばかりに佳人の唇を塞ぎ、熱の籠もったキスでごまかそうとする。

佳人も積極的に舌を絡ませて濃厚なキスに頭を酩酊《めいてい》させつつ、実際はまんざらでもなかった。それでも、遥に「本当は、おれは遥さんに心底惚れているから、何をされてもいいんです」と白状できるほどには素直になり切れない。

「変わってないですよね、その、ちょっと横暴なところ。……っ、はっ、あ、あ……！」

唇を解くと、すぐにまた乳首にむしゃぶりつかれ、佳人は話を途切れさせては喘いだ。

「はっ、ん……。おれが秘書を辞めたら、今より対等になれますか」

「今でも十分対等だと思うが」

遥は少しずつ腰の動きを速くし始めた。

そろそろ欲望を抑えられなくなってきたらしい。

佳人の尻を両手で摑み、腰を突き上げては落とすことを繰り返して抜き差しするたびに、じゅぷっ、ぬぷっ、と卑猥な湿り音が寝室に響く。

「後任は香々見でいいと納得したのか？」

「はい」

佳人が迷わず答えたのを聞いて、遥は意外そうに目を眇《すが》めた。どうした心境の変化だ、と訝しがっているのが察せられる。それはそうだろう。昨日、二件立て続けに失態を犯した直後だ。やはり潤では無理だと進言こそすれ、彼に任せて引く決意をするのは逆ではないかと、普通思うに違いない。

「彼は、あなたが選んだ社員ですから」

今では佳人もそれを疑っていなかった。

入社の経緯が特殊だったので見誤りかけたが、遥は潤を押しつけられて仕方なく雇ったのではなく、あくまでも自分の目で見て、育てたいと感じたから雇った、つまり、選んだだけなのだ。

遥の性格を理解していたら、最初から「らしくない」などと思うことはなかったはずだ。まだまだおれは遥さんをちゃんとわかっていない、と思い知らされ、負けた気分だった。

「ほう」

遥は興味深げに佳人の顔を見据えると、いきなり繋がったまま佳人の背中をシーツに押し倒し、のし掛かってきた。

「うわっ！」

動顛して叫んだのも束の間、すぐに正常位で動きやすくなった遥が佳人の後孔を手加減なしに責めてきて、次から次へと押し寄せる法悦の波に揉みくちゃにされた。

「ああ、んっ。いやだ！　いや……ああっ」

そこから先は、ひたすらに快感を追い求め、二度目の射精に向けて上り詰めることしか頭になかった。

遥も佳人の中で達く。最奥《さいおう》に熱い迸《ほとばし》りを浴びせられ、情動に押し流されたかのごとく貪るようなキスをされ、佳人も夢中で応えた。

「秘書を辞めても、おまえは俺の大事な相方だ。忘れるな」

「はい」

今まで見よう見まねでなんとか秘書らしいことをしてきた自分を常に見守り、何かあれば助けてくれた遥に、佳人は深い感謝と信頼の気持ちを込めて、はい、と答えた。

「それで、もう決めたのか？」

「はい。決めました」

嵩《かさ》を減らした遥が佳人の中から抜けていくのを、秘部の襞を引き絞って未練がましく引き止めようとしつつ、佳人は一抹の迷いもなく言った。

「今月末で。十一月いっぱいで、おれは引きます」

はじめは年内でと思ったが、引き継ぎにそこまで時間をかけても仕方がないし、潤もいつまでも佳人がいては息苦しいし、鬱陶《うっとう》しいだろう。それで、一月早めようと思い直した。

「まさかこの期に及んで、退職願は一ヶ月前申請だ、なんて、いつかみたいにおれを引き止めませんよね？」

去年の話を持ち出すと、遥はひどくバツが悪そうに顔を顰めた。

「言うか。ばかめ」

遥らしい、ぶっきらぼうな口の悪い照れ隠しに、佳人は愛しさを込み上げさせる。

「もう一度。遥さん、もう一度しませんか」

ひょっとすると、「平日だぞ」と不粋《ぶすい》に断られる可能性もなきにしもあらずだと思っていたが、遥の返事は、湿った息を吹きかけながらの耳朶《じだ》への艶っぽい甘噛みで返されてきた。

艶縁《いろのえん》

1

師走《しわす》に入ってすぐ、貴史《たかふみ》の許に一通の封書が届けられた。

大きめの長封筒は厚口の特殊紙を使用した品格のあるものだ。下部にエンボス加工を施された素押しの紋を見るまでもなく、差出人は東原辰雄《ひがしはらたつお》だとわかる。これと同じ封筒を、貴史はおよそ十ヶ月前にも受け取っていた。

そのときは熱海《あたみ》の温泉宿に来いという、いかにも東原らしい一方的な強引さでの招待だった。

今度はいったいなんだろうと身構えつつ封を切る。

もはやたいていのことには驚かない自信があったのだが、甘かった。チケットケースに収められていたのは、ちょうど一週間後の土曜日に成田《なりた》を発つ航空券で、行き先は中東のとある専制君主国だ。イスタンブールでトランジットするようになっている。復路はオープンになっており、何日滞在するのかも定かでないといった有り様だ。

いくらなんでもこれは無茶すぎる。

さすがに従えないと無視する腹を決めかけた矢先、まるでそれを見透かしたかのごとく携帯電話が鳴り始めた。

『よう。とうとう今年も残すところ一ヶ月を切ったな。ここいらで一つ骨休めしたらどうだ』

「東原さん」

計ったようなタイミングに、自宅に監視カメラでも仕掛けられているのではないかと疑いたくなる。貴史は電話を耳に当てたまま、思わずぐるりと室内を見渡していた。

もう五年以上住んでいる2ＤＫのマンションは、家具こそ最小限しか置いていないものの、書棚に収まりきらない本があちこちに積み上げられた状態で、自慢ではないが雑然としている。よけいなものが一つ二つ増えていても、貴史にはきっとわからないだろう。

もっとも、貴史は本気でそんなふうに疑ったわけではなかった。以前ならいざ知らず、今では貴史と東原は互いに相手を信じた上で共にいると誓った仲だ。この期に及んで東原が貴史をひそかに監視するとは考え難《がた》かった。

『届いただろ？』

何がとは言わずに東原は周知の事実であるかのごとく話を進める。

「ええ。ですが難しいですね」

貴史は東原からの誘いを無遠慮に一蹴した。

「雇っていた弁護士が先月末で辞めてしまったんです。また僕と事務員の二人だけになってしまったので、海外に出ている余裕なんて、とうていありません」

そのことは東原も先刻承知のはずだ。いちいち貴史が話さなくても、情報の早い東原に隠し事などできたためしがない。

『おまえもつくづく人材に恵まれないな』

案の定、東原は驚きもせずに揶揄《やゆ》してきた。

『まぁ、しかし辞められるとわかっていたからには、今月以降無理な仕事の入れ方はしていないはずだろう。せいぜい五日か六日、俺の依頼を受けて一緒に海外に行くくらいの調整、つけられねぇことはないよなぁ、執行《しぎょう》先生？』

そう言われると貴史も持ち前の負けず嫌いが出てくる。人事に関する能力不足を暴かれた上、スケジュール管理能力まで疑われるのは悔しい。実際、東原に指摘されたとおり、十二月は一人で仕事をこなせるように、先月から新規の依頼はセーブして受けていた。やりくりして一週間程度空けること自体はそう難しくない。それにもかかわらず、最初から素直に東原に色よい返事をしてやらなかったのは、貴史の意地からだ。なにかにつけて無茶ぶりしてくる東原の言うことを、毎度毎度すんなりと聞き入れるのが癪《しゃく》で、つい勿体《もったい》ぶってしまった。

「依頼、ということは、仕事絡みなんですか」

貴史は東原の言葉の中に譲歩する隙を見つけ、そういうことならば仕方がないといった体《てい》を装う。反面、頭の片隅では、どうせこれも最初から東原は計算のうちで、自分は彼の手のひらで踊らされているだけに違いない、と冷静に見極めてもいた。

『そうだ。アラブの金持ちから競走馬を譲ってもらうことになったので、おまえにも契約に立ち会ってもらいたい』

今度は馬ときたか。貴史はいささか意表を衝《つ》かれたものの、この期に及んでなおも行きたくないとごねるのも大人げないし、そもそも本意ではなかったので、諦観《ていかん》に満ちた溜息を一つつき、承知した。

「わかりました。どうにかして体を空けます」

『礼はたっぷりとするから期待していろ』

東原はここぞとばかりに色香の滲《にじ》む声を出し、思わせぶりなセリフを吐く。

相変わらず強引で自信満々な男だ。貴史は通話の切れた電話に向かって苦笑した。でも憎めない。ああいう男だからこそ離れられないし、一緒にいて飽きることがない。出会って以来ずっと惹きつけられ続けている。

書斎に行って、両袖机の引き出しの一つを開け、パスポートの有効期限を確かめる。以前から万一に備えて取得するだけはしていたが、実際に海外に出掛けるのは初めてだ。今時珍しいと佳人《よしと》にまで意外がられた。ひょっとして飛行機が苦手なんですか、と聞かれたが、別にそういうわけではない。単に機会がなかっただけだ。旅行などめったにしないし、海外に特に行きたいと思ったことがなかった。

仕事のやりくりはなんとかなった。ノートパソコンを持っていくので、向こうでもできる仕事はすることにして、事務の女性に留守を頼んだ。念のために余裕をみて最長で一週間と言ってあるが、できれば木曜までには帰国したいところだ。

成田発の指定便に搭乗し、イスタンブールを経由して目的地へと向かう。東原とは現地で落ち合う約束だ。一足先に行っている、と言っていた。

初の国際便は一人旅になったが、おかげで長時間のフライトの間、存分に仕事ができた。東原が用意してくれたチケットはビジネスクラスのものだったので、さして疲労も溜まらず、快適に過ごせた。

現地に着いたのは日付が変わって日曜日の午前二時半、真夜中だった。

パスポートコントロールを通過してバゲージを受け取り、到着ロビーに出てこられたのはさらに三十分近くしてからだ。

ここから先は何も知らされていないが、東原のことなので手配は万全だろうと疑っておらず、初の海外渡航で午前三時の空港に一人でいても不安はなかった。

ロビーには出迎えの人々が何人も集まっていた。

貴史は彼らが掲げた案内板を抜かりなくチェックしながら、ロビー内を一巡したのだが、それらしき人は見つからず、軽く困惑した。もしや何か行き違いがあったのだろうか。

さて、どうしたものか、と足を止めてポケットに入れた携帯電話に手を伸ばしかけたところ、背後から「失礼ですが」と流暢《りゅうちょう》な日本語で話しかけられた。

振り向くと、スーツ姿の男性が立っている。

はっとするほど整った顔立ちをした、貴史と同年輩と思《おぼ》しき青年だ。ほっそりとした体つきが佳人を思い出させる。しかし、性格は似ても似つかないようで、言葉遣いこそ慇懃《いんぎん》だが、貴史を見据える眼差《まなざ》しはどこか横柄《おうへい》で、高飛車な印象だった。

「東原様のお連れの執行貴史様でいらっしゃいますでしょうか」

体に合った黒いスーツを着こなした男は、愛想の欠片もなく事務的に話す。

「私、イスマーイール氏の秘書をしております千羽《ちば》と申します」

千羽敦彦《あつひこ》——差し出された名刺はアラビア語と英語で表記されていたが、裏に名前だけ漢字で記してあった。

今回東原はホテルに滞在せず、取り引き相手のイスマーイール氏の自宅に世話になると言っていた。イスマーイール氏に関しては、アラブの富豪だということ以外、貴史は聞いていなかった。

こちらです、と先に立って歩く千羽についていく。

車寄せにパールホワイトの堂々としたリムジンが待っていた。

運転席から詰め襟の制服を着た中老の男性が降りてきて、スーツケースをトランクに入れてくれた。白地に金のラインが縫いつけられたクラシカルなデザインの制服はホテルの従業員を彷彿《ほうふつ》とさせる。互いに目礼し合っただけで言葉は交わさなかったが、感じのいい笑顔を見せてもらえて、心証がよかった。

「どうぞ」

その一方、千羽は相変わらずそっけない。後部座席のドアを開いて貴史を車内に促すと、後から自分も乗ってきた。

リムジンは初めてで、L字型のシートが据えられた広々としたサロンのようなしつらえに、内部はこんなふうになっているのかと感嘆する。車の中とは思えぬ豪奢《ごうしゃ》な雰囲気だ。

車は滑るように走りだした。空港のロータリーからすぐにハイウェイに上がる。それこそグラスの水も揺らさないほど静かな安定した走行で、車中にいることを失念しそうだった。

「屋敷までは三十分ほどで着きます」

クーラーボックスで冷やされたお絞りを銀製の受け皿に載せ、貴史の手元のテーブルに置きながら千羽が秘書然とした口調で言う。

「何かお飲みになりますか？」

「いいえ、結構です」

飲みたいと言えばコーヒーでも水でもシャンパンでも、なんでも出してくれそうだったが、貴史は丁重に遠慮した。お絞りはありがたく使わせてもらう。心地よく冷えたふわふわのハンドタオルで手を拭くだけで寛いだ気分が増し、旅の疲れが癒やされる。

客人の迎え方一つとっても神経が細やかに行き届いており、イスマーイール氏の人柄が忍ばれる。東原が遠路はるばる国外に赴《おもむ》いてまで会う気になるくらいだから、氏のことを有能かつ有益な相手だと見なし、高く買っているのは想像に難くない。東原は相手に不足なしと認めたら、自分から積極的に動いて付き合いを深めようとする男だ。イスマーイール氏も似たタイプなのだとすれば、互いに相手を気に入ったのだろう。

一つ難があるとすれば、秘書の千羽が親しみにくくて、友好的とはお世辞にも言えない点だ。誰に対してもこうなのか、それとも相手によって態度を変えるのか、貴史には定かでないが、いずれにせよいい気はしない。

立ち居振る舞いは品があって優雅だし、理知的な物言いや、そつのない態度から、きっと仕事はできるのだろうと推察されるだけに、人当たりの悪さが惜しく感じられる。

今も、よそよそしくソファの端に座ってツンと取り澄ましている千羽に、残念だが彼とは打ち解けられそうにないと早くも諦めていたら、意外にも向こうから話しかけてきた。

「本業は弁護士だそうですが」

「ええ」

べつに副業はしていないが、と内心突っ込みを入れつつ、貴史は静かに微笑んで頷《うなず》く。

千羽の探るような眼差しを受け、どうやら東原とは単にビジネスだけの付き合いではないと承知の上で、二人の関係について聞きたがっているのだなと察せられた。

先ほどまで示していた、いかにも仕事で迎えにきたのだと言わんばかりの態度からして、貴史に関心を抱いているようには思えなかったのだが、どうやらそれはあえてそんなふうに装っていただけで、実際は少なからず興味があるようだ。

貴史と目が合った途端《とたん》、千羽はサッと視線を逸《そ》らし、気まずげに唇を引き結んだ。

それを見て貴史は、プライドが高くてちょっとへそ曲がりな人なのかな、と思った。素直に相手と接するのが苦手で、張らなくていい意地をつい張ってしまいがちな性格なのかもしれない。少しでも相手に好意を持っていると気づかれたら、自分の負けだとでも考えているかのようだ。

「千羽さんはどのくらいこちらにいらっしゃるのですか」

今度は貴史のほうから聞いてみる。

せっかく千羽が口を利く気になったようなので、このままた黙り込んでせっかくの時間を無為に過ごすのは惜しいと思った。貴史も口数が多いほうではないが、千羽とは滞在中に何かと接する機会があるだろうから、できるだけ話しやすい関係を作っておくに越したことはない。

「え？」

千羽は一瞬剣呑《けんのん》な目つきをしたが、すぐに気を取り直したらしく眉間を緩める。

「二十七のときからなので五年になりますが、それがなにか？」

「いえ、ご挨拶《あいさつ》代わりにお聞きしただけです」

相手が突っかかってきても、貴史は怯みもしなければ狼狽《うろた》えもせず、穏やかに受け答える。

千羽は貴史より一つ年上になるようだが、貴史よりさらに二つ年下の佳人のほうが千羽よりよほど達観していて感情をセーブすることに長《た》けた印象がある。失礼ながら、年上の男性だという気はしなかった。

「僕は海外は今回が初めてなんですが、あなたはどういうきっかけでこの国にいらっしゃって、ずっと住むようになられたのかなと思って」

貴史は取り繕わずに思ったままを正直に口にした。

おそらく無視されるに違いないと、返事は期待していなかったのだが、予想に反して千羽はむすっとしたまま答えた。

「ロサンゼルスの大学に留学していたとき、訪米していたイスマーイール氏がスペイン語の通訳を探していて、私を雇ってくださったんです。そのときは一ヶ月ほどご一緒しただけだったのですが、数年後にパリで偶然再会して、秘書にならないかと誘われました」

「スペイン語もお話しになれるんですか。すごいですね」

「英語とスペイン語以外にも、アラビア語、フランス語、ドイツ語、ロシア語が話せます」

千羽は謙遜《けんそん》することなく列挙し、

「まぁ、司法試験に合格するよりは易しいかもしれませんが」

と、貴史に張り合うとも嫌味とも受け取れるようなセリフをわざわざ言い添える。

黙っていれば清潔感の漂うすこぶる付きの美形だが、性格はきつく、ひねくれ気味で、相当な負けず嫌いのようだ。

どうも貴史は癖の強い人間と縁があるらしい。苦笑いが込み上げる。

「……なにか？」

それをさっそく千羽に見咎められ、睨まれた。目敏《めざと》い。口癖のように「なにか？」と牽制《けんせい》してくるのが、ちょっと参る。冷静なようで、やたらと好戦的だ。うんと年上の、自分自身に余裕のある人ならばうまくあしらって鷹揚《おうよう》に受けとめられるのかもしれないが、同年輩の貴史には、なるべくかかわりになりたくない面倒な相手、という気持ちが先に立つ。

「すみません。これから何日かお世話になりますが、どうぞよろしくお願いします」

貴史は、どうかお手柔らかに、と言いたいのを堪《こら》え、当たり障《さわ》りのない言葉にして千羽の追及を躱《かわ》した。

千羽はまだどこか不服そうにしていたが、話を続ける気はなくした様子で、それから後はずっと車窓を流れる首都の夜景に目を向けたままだった。

中東一富裕な国として名を馳《は》せる王国は、真夜中でも市街地に煌々《こうこう》とネオンが輝き、首都中心部には超高層ビル群が林立し、さながら未来都市のような光景を繰り広げている。知識としてはこういう場所だとわかっていても、実際目の当たりにすると圧倒された。

リムジンはハイウェイを一度もスピードを緩めることなく走り抜け、やがて閑静な市街地を貫く幅広の道路に入っていった。

左右にずらりと建ち並ぶのは、いずれ劣らぬ豪邸ばかりだ。

門扉《もんぴ》の厳重さと豪奢さ、警備小屋の存在、一つの塀が囲む敷地の広大さなど、王宮をいくつも見せられているようだ。このクラスの富豪は全国民の二パーセント存在すると聞く。日本ではそれよりずっと少ないだろう。世界が違いすぎて溜息が出た。

いい加減豪邸尽くしに目を瞠《みは》るのも飽きた頃、それまで以上に堂々とした佇まいの、一風変わった近未来的な建築デザインの屋敷に到着した。

「ようこそおいでくださいました。遠路お疲れ様でした」

リムジンのドアを開けてくれたのは、建物とは対照的に燕尾服《えんびふく》を身に着けた初老の男性だった。真夜中の三時過ぎだというのに、一分の隙もなく身嗜《みだしな》みを整えている。

「執事のブノワと申します」

ブノワは完璧なクィーンズイングリッシュで挨拶した。

顔立ちからして英国人らしい。

超近代的な外観をした屋敷の中に一歩足を踏み入れると、内装は一転して十九世紀か二十世紀初頭を彷彿とさせるクラシカルな貴族の館ふうだ。面白い趣向だと思い、感嘆した。

「このようなお時間ですので、大変失礼ながら、主人は明朝ご挨拶させていただきたいと申しております」

「いえ、どうぞお気遣いなく」

貴史こそ、こんな時間に秘書や執事の手を煩《わずら》わせることになり、恐縮していた。

「それでは私はこちらで失礼させていただきます」

千羽は後のことを執事に任せ、貴史に会釈すると、玄関ホールの右手に伸びる廊下を歩き去っていく。

「執行様はこちらへどうぞ」

東原とも明日の朝、顔を合わせることになるのだろうと思いつつ、執事の案内に従う。

スーツケースは後から現れた若い男性スタッフの手で、貴史が使う部屋へ一足先に運ばれていった。

通されたのは、ゲストを百名招いてお茶会が開けそうな広い居間だった。あちらこちらにデザインの異なるソファセットや安楽椅子、カウチなどが置いてあり、さながら高級ホテルの重厚かつエレガントなティールームのような趣《おもむき》の部屋だ。

「よう。無事に着いたな、貴史」

てっきり誰もいないと思っていた貴史は、室内に足を踏み入れた途端、耳に馴染んだ声で話しかけられ、不意を衝かれた。

「東原さん」

部屋の中程にあるソファセットに東原が悠然と座っている。

歩み寄った貴史に「まぁ座れ」と、自宅にいるときと変わらない無遠慮さで自分の横を顎で指し示す。

執事は東原に「ハーブティーでも出してやってくれ」と頼まれたのを受け、恭《うやうや》しく下がった。

「まだお休みじゃなかったんですか」

「こんな所まで呼びつけておいて、着くのが午前三時だからって俺だけ寝てるのは薄情じゃねぇか。俺は義理堅いんだぜ」

「本当ですね。ちょっと驚きました」

恐れ知らずに感じたままを言ってのけながら、貴史の口元は嬉しさとありがたさに綻《ほころ》ぶ。こうして東原に迎えてもらって、今夜のうちに言葉を交わせてよかった。疲れがいっきに吹き飛んだ心地になる。普段は傲岸不遜《ごうがんふそん》さばかりが目につくが、東原は案外まめで細やかに気の回る男だ。付き合えば付き合うほど貴史はそうした一面を強く感じるようになってきた。

ゆったりとした開襟シャツに、テンセル素材の軽やかなパンツという、日頃はまず見せない格好で寛いでいる東原は、貴史の目に新鮮に映る。一緒に住んでいるわけではないので、こうしたラフな姿を見る機会はめったにない。

東原と一緒だというだけで、貴史の気持ちは昂揚《こうよう》した。

初めての海外も、それ自体にはなんの感慨もなかったが、東原と二人きりで日本を離れているのだと思うと、この先二度とあるかどうかわからない貴重な体験だという思いが込み上げ、俄然《がぜん》心臓が逸《はや》りだしてきた。

「しばらく顔を合わせてなかったが、べつに変わりはないようだな。ちょっと痩《や》せたか」

東原にさらっと指摘され、貴史は驚いた。

「ほんの少しですよ。一キロも減ってません。よくわかりますね」

「抱けばもっとよくわかる」

東原は薄笑いを浮かべて色めいたセリフを吐き、貴史をじわっと赤面させた。

「……そういうつもりで待っていたんですか」

「おまえ次第だ」

そんな言い方をされると断りづらくなるのを承知で貴史を煽《あお》る東原が恨めしい。

貴史は執事に出されたカモミールのハーブティーを一口飲んで気持ちを落ち着け、魅力的すぎる誘惑を理性で払いのけた。

「せっかくですが、今夜はこのまま寝かせてください。夜明けまでもう間がありません。僕は慌ただしいのは好きじゃないんです。ちゃんと眠る時間も確保したいですからね」

「そう言うと思った」

東原は最初から貴史の返事を承知していたかのごとくあっさり引くと、ニヤッと不敵に笑う。

「その代わり、明日の晩は容赦しないからな。覚悟しておけ」

望むところだった。

貴史は東原を流し見て、微《かす》かに口元を緩めた。じっとこちらを見ていた東原と視線が絡む。

「明日は厩舎《きゅうしゃ》に出掛けて馬を見せてもらうことになっている。おまえも付き合え」

「もちろんご一緒しますよ。馬のことはまったくわかりませんけれど」

「俺も門外漢だ。馬主になろうなんて考えたこともなかったからな」

「どんな経緯で競走馬を譲り受ける話になったんですか」

まだ貴史はそのあたりの事情を何も聞いていなかった。

「礼だ。俺の口利きで新宿《しんじゅく》の土地を入手することができたことに感謝して、見返りに金以外にも何か贈りたいと熱心に言われてな。それなら自慢の馬を一頭くれと半分冗談で言ったら、トントン拍子に話が進んだわけだ」

新宿一帯の土地転がしは東原が最も得意とする稼ぎ方だ。バブル時代と比較すれば微々《びび》たる収益しかなくなったと言うが、それでも一市民には生涯縁のない額の金を東原は右から左に動かし、利鞘《りざや》を得る。一等地の買収にも必ずと言っていいほど一枚嚙んでいる。

「イスマーイール氏は遣《や》り手の事業家として有名な方だそうですね」

「ああ。いろいろな意味で遣り手だ」

東原も一目置いているらしく、小気味よさげに言い切る。

「三十七歳でバツ三、十二歳の長女を筆頭に四人の子持ちだ。この国には現王室の血筋だったり、統一前の各首長国を束ねていた長たちといった大富豪が何人もいるが、イスマーイール氏もそのうちの一人で、中でも特に将来有望な事業家だと俺は評価している」

「明日お目にかかるのが楽しみです」

高貴な血筋の生まれで、仕事ができて、桁《けた》違いの金持ち、とくればあちこちから引く手数多《あまた》なのはもっともだ。女性関係も派手で、ずいぶん浮き名を流してきたらしい。東原ほどの男が認めるからには、人としても男としてもさぞかし見所があって興味深い人物なのだろう。どんな人なのか、貴史もおおいに心を惹かれた。

「おまえ好みのいい男だったらどうする?」

東原は人の悪い笑みを浮かべ、わざと貴史を試すようなことを聞く。

「べつに」

貴史は落ち着き払って答えると、最後の一口を飲み終えたティーカップをソーサーに戻した。

「どうもしませんよ。あなただって、イスマーイール氏の秘書がとびきりの美人でも、彼をどうこうしようとは思わないでしょう?」

「ちくしょうめ。この俺を牽制するとは、おまえも言うようになったもんだな」

「おかげ様で」

あなたの仕込みです、と貴史は艶然《えんぜん》と微笑んでみせた。

東原は軽く舌打ちして立ち上がる。

「もう寝るぞ。来い」

貴史にあてがわれた部屋は東原の部屋の隣で、二つの部屋はドア一つで行き来できるようになっていた。

シャワーを浴びて着替え、ベッドに入ったときには明け方近かった。

異国での第一夜、貴史は夢も見ずに二時間ほど熟睡し、日本にいるとき同様、目覚まし時計をセットした七時に起きた。

＊

「初めまして。イスマーイールと申します。ようこそ我が家へお越しくださいました」

朝食のテーブルで対面した主は、貴史の予想に反さず、周囲を圧倒するような威風を感じさせる非常に存在感のある人物だった。

広い肩幅と厚い胸板、百八十以上ありそうな長身でスリーピースを着こなし、頭には肩まで届くかどうかといった程度の長さの被り物をしている。アラブの人々がよく被っている布だが、彼の場合ただ被っているのではなく、女性がストールの身に着け方を工夫するように、細かなチェック柄で縁に飾りのついた布を洒落《しゃれ》た巻き方にしていた。布を留めるヤスマグと呼ばれる輪っかもアクセントになっていて粋《いき》だ。完璧にファッションの一部にしている。

濃い茶色の髪に黒い瞳、顎には上品に刈り込んだ髭を蓄えたイスマーイールは、実に快活で魅力的な紳士だった。彫りが深く、鼻筋の通った顔立ちはハリウッドスターを思わせる精悍《せいかん》さで、スタイルのよさと相俟《あいま》って、男でも見惚れてしまうほどセクシーだ。ただ立っているだけで目を奪われる。女性が放っておかないのも道理だと納得する。

現国王の又従兄弟で、実業家としても成功しているビジネスマンであり、投資家でもある億万長者。二十代の頃から女優やモデルなどのセレブたちとさんざん浮き名を流し、三度結婚して三度離婚したという華やかな経歴を持つ著名人らしいが、相対するといたって気さくで取っつきやすい好人物だ。尊大なところなど微塵《みじん》も窺《うかが》えない。

「昨晩は出迎えもせずに失礼しました。どうか滞在中はここをご自分の家だと思って、なんでも気兼ねなく執事や秘書にお申しつけください」

「ありがとうございます。お世話になります」

貴史も丁重に礼を述べ、差し出された手をしっかりと握り返した。

緑豊かな庭園を臨《のぞ》むテラス側が全面ガラス張りになった朝食用の部屋には、朝の光が燦々《さんさん》と差し込み、開け放たれた窓から爽やかで清々しい空気が流れ込んできて、とても気持ちがよかった。

二十名は着席できそうな長いテーブルに顔を揃えているのは、イスマーイールと東原、貴史、そして千羽だった。

千羽は今朝もやはりどこか虫の居所が悪そうなむすっとした顔つきで、イスマーイールに対しても愛想があるとは言い難かった。ろくに話しもしないうちから嫌われたのかと少々困惑気味だった貴史は、千羽がこうした態度を取るのは自分にだけではないとわかってホッとしたのと同時に、好印象は持てないが一風変わっていて興味深い人だと思った。誰に対しても己の気分のままに振る舞うのかというと決してそうではないようで、東原にだけは慇懃に、一歩退いた接し方をする。さすがの千羽も東原の醸《かも》し出す特殊な雰囲気には恐れを感じているらしい。貴史は侮《あなど》っても、東原には畏怖《いふ》を覚えるのだろう。無理もない。

人を見て態度を変えても悪びれず、澄ました顔をしている千羽は華やかで理知的な美貌に似合わず剛胆《ごうたん》だ。雇い主にも遠慮会釈のない物言いをするのはある意味清々しい。とはいえ闇雲に突っかかるわけではなく、はい、と恭しく聞くときと、皮肉めかした受け答えをするときがあって、その場の空気を読んで的確に対応するので、嫌な雰囲気にならない。頭のいい男だなと思う。

おそらく千羽はイスマーイールに慣れ親しんでいて、信頼関係ができあがっているがゆえに無遠慮な言動を織り交ぜるのだろう。二人の間には主従関係以上の親密さがある気がして、貴史はちょっとした遣り取りを何度か聞くうちに、次第に微笑ましさを感じてきた。

朝食では各々好みの卵料理をチョイスしたのだが、そこでもイスマーイールと千羽は雇い主と秘書らしからぬざっくばらんな会話を交わした。

「私はエッグベネディクトを」

シェフにそう頼んだイスマーイールに、千羽はすかさず「またですか」と呆れたような声を掛け、気が置けない者同士なんでも言い合える仲なのを見せつけられた。

「たまには違う料理をオーダーされてはいかがですか。シェフも腕の振るい甲斐《がい》がなくてつまらないでしょう」

「朝からまた小うるさい。いいんだ私はこれで。その分きみが、毎朝シェフに手を焼かせるような細かい注文をつけたオーダーをしているのだから問題ないだろう」

「ええ。きっとシェフは毎朝私の注文を楽しみにしてくれていますよ」

「相変わらず口の減らないやつだ」

顰《しか》めっ面で苦笑しながらもイスマーイールはまんざらでもなさそうだった。

こんなふうに千羽に絡まれるのが愉《たの》しく、また、生意気だと窘《たしな》めながらも千羽が可愛くて仕方ないらしい。眇《すが》めた目で千羽を見つめる眼差しに深い情が窺え、貴史の胸まで熱くなった。

パリの一流ホテルで元料理長をしていたというシェフの作る料理は絶品で、普段は朝食など食べたり食べなかったりといい加減にすませがちな貴史もおおいに食欲を刺激された。

健啖家《けんたんか》らしきイスマーイールと東原の食べっぷりは感嘆に値した。

千羽は体型の細さを裏切らず、量は控えめで、好き嫌いもあるようだ。嫌いなものには決して手を出さず、イスマーイールにそれをちらりと揶揄されても、例のツンとした取り澄ましようで躱《かわ》していた。ここでも貴史は、端で見ていて、ほっこりとした気分になった。

「もしかしてあの方たち、付き合っていらっしゃる、とか？」

朝食のあと、貴史は東原の部屋にお邪魔し、東原がスーツに着替えるのを見守りつつ、思い切って聞いてみた。

「ほう。おまえにしては珍しく俗っぽいことに気が回るじゃねぇか」

鏡に向かってネクタイを締めながら、東原は貴史を冷やかす。面白がってにやついているのが鏡越しに見て取れた。貴史とこんな話ができるとは考えてもみなかった、とでも言いたげだ。

「まぁ、あれだけ人目を憚《はばか》らずにイチャイチャしてたら、気づかねぇほうがおかしいが」

そういう言い方はどうかと思って、貴史は相槌《あいづち》を打つ代わりに軽く咳払いした。

「千羽さんとは昨晩少しお話ししましたが、ロサンゼルスでイスマーイール氏の通訳に雇われたのが知り合ったきっかけだったそうです」

「らしいな。体の関係ができたのは、千羽を秘書にして四六時中傍《そば》に置くようになってからだとイスマーイールは言っていたが」

東原はずけずけと明け透けに言う。

「最初は弾みでヤッちまっただけだったみたいだが、五年も続いているくらいだから、まんざらでもないんだろう。ただ……」

「……ただ？」

途中で言葉を途切れさせた東原に、貴史は首を傾げて鸚鵡《おうむ》返しに問いかける。

東原は結び終えたばかりのネクタイのノットの位置を微調節すると、貴史を振り返り、秘密を打ち明けるかのような勿体ぶった顔つきで続けた。

「そろそろ潮時だとお互い考えているらしい。イスマーイールに再婚の話が持ち上がったのをきっかけにな」

「四度目のご結婚、ですか」

「羨《うらや》ましいか」

またもや東原は人の悪いところを発揮して、貴史の気持ちを試すようなことを聞いてくる。

「愛する女性がいるなら結婚も素敵だと思いますよ」

貴史はあえて否定せず、うっすら笑ってみせて東原に心ばかりの意趣返しをした。

「ふん」

東原は貴史の返事に不服そうに鼻を鳴らすと、「行くぞ」とドアに向かって顎をしゃくる。

これからイスマーイールらと共に、彼が所有する馬たちを預けている厩舎に出掛け、譲ってもらう一頭を決めることになっている。

玄関ポーチの車寄せに行くと、ロールスロイスが用意されていた。

イスマーイールと東原、貴史の三人は後部座席に座り、千羽は助手席に乗った。運転手は昨晩リムジンを運転していたのと同じ男だ。

厩舎は車で二十分ほどの場所にあった。広大な土地に柵で仕切られた馬場が三つある、かなりの規模のトレーニングセンターのようだ。競走馬として登録された馬をここで預かり、調教師が育成して出走できるように調教するという。

東原に契約の立会人になってくれと頼まれ、はるばる中東の王国まで来たものの、貴史は馬についてまるで無知だ。競馬場に行った経験すらない。厩舎にずらりと繋がれた馬たちを見ても、どの馬が優れているとか、どういった品種であるとか、まったくわからなかった。皆一様に精悍で逞《たくま》しく、艶々した毛並みを持つ美しい馬たちだと感嘆するばかりだ。元よりあれこれ意見する気はなく、文字通り契約書作成の場に立ち会うだけのつもりで同行していた。

そんな貴史のもの知らずぶりに千羽はあからさまに呆れ、面倒くさそうにしながらも、素人《しろうと》にもわかりやすく教示する。相変わらず感じは悪いが、説明の上手さ、こちらが何を知りたがっているのかを言葉にせずとも察する鋭さ等から、相当博識で頭の回転が速く、抜け目のない人だとあらためて思う。

「ここにいる馬はすべてサラブレッドです。一歳から二歳までの競走馬候補の馬たちが主ですが、中には競走生活から引退して馬術競技用に再調教されている馬もいます」

「競走馬というのは何歳くらいから何歳くらいまで活躍するケースが一般的なんですか」

貴史も遠慮せずに、基本的なことだろうが常識だろうが、頭に浮かんだ質問を躊躇《ためら》わずに千羽にぶつけた。厩舎に着いてからイスマーイールは東原と熱心に馬を見て歩き、一頭一頭の気質や能力を紹介している。千羽にも貴史にも今のところ出番はなく、お互い手持ち無沙汰だった。

「この国でも競走馬の扱いには概《おおむ》ね日本と同じシステムを採用しています。初出走は二歳の春以降というケースがほとんど。馬は通常春に出産するので、二歳になりたてでデビューするのが一般的です。そのまま大きな故障などがなければ五歳前後まで競走馬として働きますね」

自身も馬の扱いに慣れているのか、千羽はときどき知り合いらしき馬に鼻面を擦り寄せられては、人間に対するときよりよほど優しい目をして「よしよし」と馬の首を撫でる。そうしたところを見るにつけ、取っつきにくくて付き合いやすいとは言い難くても、根は悪くない人だと信じい気持ちが増す。

「この厩舎にいる馬のうちの三分の一はイスマーイール氏の持ち馬です。いずれ劣らぬ名馬で、血統もしっかりした子ばかりですが、中でもお勧めなのは、今お二人が前にしているあの黒鹿毛《くろかげ》と、二つ隣にいるやはり黒鹿毛の品のいい顔立ちの子、それから、斜向《はすむ》かいにいる芦毛《あしげ》です。しかし、芦毛はイスマーイール氏の一番のお気に入りですから、よほどでなければ譲らないでしょうね」

普通ならば客人を前にしては言いにくいはずのことを、よくまぁしゃあしゃあと言えるものだな、と貴史は苦笑した。正直なのはいいが、配慮がなさすぎる。一事が万事これだと、不愉快になって怒りだす者もいるだろう。

氏が最も気に入っているという芦毛の馬は、東原の目にも留まったようだ。

二人は芦毛のいる前でなにやらずっと話し込んでいる。

よほどでなければと千羽が言ったのは、ぶっちゃけ金額面でのことだろうと、貴史はまず考えた。東原は金の使い方をよく心得た男だ。ここぞというときにはいくらでも積むが、それは確実に採算が取れると判断した上での話だ。一か八かに賭けるときでも入念な事前調査を怠らない。最悪そこで損をしても、補塡《ほてん》できるかどうかを常に考えている。ヤクザらしい肝の据わり方と破《は》天荒《てんこう》さも持ち合わせているが、その実、恐ろしく冷静で慎重、シビアな物の見方をするのだ。今まで特に関心があるふうでもなかった競走馬に果たしてどのくらいまで出資するつもりなのか、貴史には見当もつかないが、決して無茶はしないだろうと思われた。法外な値段をふっかけられたら、今回は引くだろう。

そう考えて、きっとあの芦毛になる可能性はないなと推測していた。

ところが、イスマーイール氏はよほど東原に恩を感じているのか、はたまた東原辰雄という男が気に入っているのか、十分程度真剣な表情で遣り取りしたのち、「ではこの馬をお譲りするということで」と話がついた様子だ。

これには千羽も目を瞠り、信じられなそうにイスマーイールを凝視していた。

整った白皙《はくせき》を強張らせ、本当にそれでいいのですかとでも言いたげに口を薄く開く。自分自身の大切なものを他人に渡さねばならなくなったかのごとく、我が事同然に納得のいかなそうな、悔しげな表情をする。

案外、千羽は感情の起伏が激しいほうなのかもしれない。貴史はそう感じた。普段は理性で抑え込んでいて、そつなく冷静沈着な印象を受けるが、本来は情の豊かな熱い人のようだ。

千羽は不服そうではあったが、己の立場は弁《わきま》えており、主の商談に口を出しはしなかった。苦虫を嚙みつぶしたようだったのを一転して冷ややかに取り澄ました顔に変え、決めるのはあなたです、と突き放したふうを装う。

「えらくこの馬を大事にしているようだが、本当にこいつを俺が日本に連れ帰っていいのか」

「もちろん、かまわない」

イスマーイールと東原は旧知の親友同士であるかのごとく、気さくな言葉遣いで、ざっくばらんに話をする。

「この芦毛は素晴らしい素質を持ったレース向きの馬だが、惜しんで手元に残しておきたい気持ちより、きみの眼鏡に適《かな》ったのならぜひきみを喜ばせて感謝されたい気持ちのほうが勝っている。気兼ねは無用だ」

「そうか。なら遠慮なく買わせてもらおう。本当に他の馬と同じ値でいいんだな？」

「きみを相手に馬で商売しようという気はさらさらない。俺を見くびるな、辰雄」

東原を平然と辰雄と呼び捨てにする者がいるのを、貴史はひどく新鮮に興味深く聞いた。めったにないことで、一瞬背筋に緊張が走った。日本では、他に東原をそう呼ぶ者がいるとすれば、せいぜい川口組《かわぐちぐみ》組長くらいのものだろう。

「会うのはまだ三度目のはずなのに、すっかり意気投合していますね」

千羽も東原には一目置いているらしく、そうなるのも無理からぬことだと思っているようだ。目を細めて言った口調に嫌味や皮肉といったものは窺えず、対等に渡り合う二人の関係性を羨んでいるように感じられた。

「イスマーイール氏は冷徹なリアリストの実業家でありながら、ロマンチストな一面も多くお持ちで、馬みたいなギャンブル性の高い事業にもかかわりたがるし、胸襟《きょうきん》を開いて付き合える友人を求めます。恋愛にも積極的ですしね」

「有能で媚びへつらわない人を好まれる傾向がおありのようですね」

「……さぁ、どうでしょう」

千羽は貴史の言葉にピクリと頬を引き攣《つ》らせ、木で鼻を括《くく》るように返事をする。自らもそのお気に入りの中に含まれると自負しているため、そうだと肯定するのは厚かましいとでも思ったのだろうか。

心持ち俯きがちになった千羽の頬に赤みが差すのを見て、貴史は意外と可愛いところのある人なのかもしれないと微笑ましくなった。どうやら千羽はイスマーイール氏が絡むと微妙に緊張し、らしくもなくぎくしゃくしてしまいがちのようだ。

「敦彦」

イスマーイールが千羽を呼ぶ。

二人はいつの間にか芦毛の馬の前を離れ、さらに奥に移動していた。

貴史も千羽について行き、東原の傍に近寄った。

「こいつは馬術競技用の馬らしい」

東原が興味津々に見ているのは淡い黄褐色《おうかっしょく》をした立派な馬だ。穏やかな目つきが賢そうな印象を与える。

「綺麗《きれい》な馬でしょう。若い頃はレースでもずいぶん活躍したんですよ」

横からイスマーイールが誇らしげに自慢する。

「素敵な毛色をしていますね」

「これは月毛《つきげ》と呼ばれる毛色です。月毛は個体差があって、もっと薄いクリーム色をしたのや、白に近いのもいるんですが、この子は月毛の中では色が濃いほうですね」

イスマーイールは貴史ときちんと目を合わせ、親しみを込めた快活な口調で教えてくれる。

「現在は馬場馬術競技に出場しています」

「馬場馬術……?」

「貴史さんもご覧になったことはありませんか。オリンピック種目にもなっている競技です。人馬が一体となって妙技を披露する様は一見の価値がありますよ」

「それはぜひ一度見たいものだ、と言ったんだ」

「そういうことだから、敦彦、頼む」

イスマーイールは東原の言葉を受けて千羽に振る。

千羽はふっと溜息をつくと、「着替えてきます」と言って踵《きびす》を返し、厩舎を出て行った。

「千羽さんは馬場馬術をおやりになるんですか」

「ええ。かなりの腕前ですよ」

イスマーイールはさらっと答える。

「多芸多才で器用、資格取得が趣味らしいぞ。秘書以外にも、通訳や司法書士として身を立てられるそうだ。弁護士のくせに探偵業もやれそうなおまえと、案外気が合うんじゃないか」

ちょっと扱いにくそうな男だが、と東原はずけずけと評す。

仮にも恋人関係にあるイスマーイールの前で、と貴史は恐縮して冷や汗が出そうだったが、東原はどこ吹く風といった面持ちで平然としている。イスマーイールも気を悪くした様子は見せなかった。千羽のきつい性格は、誰も庇《かば》えるものではないらしい。

二十分ほどして厩舎に戻ってきた千羽は、濃紺の燕尾服に白い乗馬パンツ、トップハットに乗馬用のブーツという、正式な服装で現れた。

思わず息を呑みそうになるほど気品に満ちた佇まいで、一段と美貌が映《は》える。本人も己の美しさや、立ち居振る舞いの優雅さを意識しているのがそこはかとなく伝わってくる。千羽と同じくらい綺麗でも、謙虚で誰に対しても自然体でいられる佳人とは、醸し出す雰囲気がまるで違う。千羽からは強い気負いが感じられ、逆に弱さや脆《もろ》さを隠し持っているようで、どこか放っておけない気にさせられる。千羽のほうが貴史より少し年上だが、歳はこの際関係なかった。

敷地内に設《もう》けられた競技用の馬場まで月毛の馬を引いていき、貴史たち三人は審判長席が置かれる位置で千羽の演技を観覧する。

演技は、幅二十メートル、長さ六十メートルの矩形《くけい》の中で行われた。

課題とされる運動が何種かあって、それをいかに正確に、スムーズに、人と馬が一体となっているような印象を与えつつ行えるかを採点するのが競技の際のルールらしい。

初めて見る貴史には詳しいことはわからなかったが、千羽の乗馬姿は惚れ惚れするほど美しく

凛然《りんぜん》としていた。月毛の馬を自身の体の一部のように乗りこなし、規定の区間ごとにパッサージュや伸長速歩などといった歩様、歩度、運動課目で図を描いていく。

東原もほう、と目を眇めて感心していた。

「確かに多芸多才な男だな。俺がここに来た最初の夜には、イスマーイールのピアノに合わせてヴァイオリンを弾いた」

秘書としても通訳としてもすこぶる優秀で、運動や芸術面にも才能を発揮するとは素晴らしい。

「有能な方なんですね」

率直に認めた貴史に、東原はふと思い出したかのように言う。

「そういえば、あの男、求職中らしいぞ」

「えっ？」

話の転換に意表を衝かれ、貴史は眉根を寄せて訝《いぶか》しむ。

「イスマーイールが再婚するのを機に、秘書を辞めて日本に帰国するそうだ」

馬場では千羽が美しい姿勢を保って躍動感《やくどうかん》溢れるパッサージュを見せている。

東原はそちらに顔を向けて見入りつつ、ついでのような感じで言い添えた。

言外に、彼を事務所で雇ってみてはどうだと勧められた気がして、貴史は東原の横顔を食い入るように見つめた。

なるほど、そういうことだったのか、とようやく腑《ふ》に落ちる。

馬の購入契約に立ち会えというのは口実で、東原の一番の目的は千羽を紹介することだったらしい。確かに貴史は今、人を探している最中だ。千羽はすでに司法書士の資格は持っているというから、まったくの門外漢ではない。仕事の面においては、きっと役に立ってくれるだろう。東原もそう考えているのだ。イスマーイールに頼まれたにせよ、東原自身が千羽を認め、口を利いてやろうと思ったのでなければ、安請け合いはしないはずだった。

だが、果たして自分にあのプライドの塊《かたまり》のような不遜な男を上手く使えるのか……。腑甲斐《ふがい》ない一語に尽きるが、貴史には正直自信が持てなかった。

「心に留めておきます」

今はとりあえずそういう返事しかできなかったが、千羽とはなんとなくこの先も縁が続きそうな予感がする。

南阿佐ヶ谷《みなみあさがや》のこぢんまりとした事務所に、千羽のような華やかな男がいる光景は想像しづらかったが、不思議となしではない気がするのだった。

＊

馬の品定めをすませたあと、イスマーイールは東原と貴史を観光名所に案内してくれた。

開発で近代化の進んだ都市部から史跡の残る郊外へ行くと、同じ国とは思えないほど景色が変わる。支柱と壁や天井の一部だけが残った神殿跡や、巨大な石像、ミイラ化した遺体が安置された博物館など、今まで写真や文献、模型などでしか見たことのなかったものに実際に触れることができ、貴史にとって興味深い体験になった。

東原も退屈することなく見ていたようだ。建造物が好きなのはなんとなく想像の範疇《はんちゅう》だったが、海外の歴史にも詳しく、神話や伝説の類《たぐ》いも貴史よりよほど知識豊かで感心させられた。午後から夕刻にかけてのほんの数時間の間に、ああ、こんな人だったのか、と知らされて意外に思うことが幾度もあった。

ひたすら体だけの関係だった以前よりはずっとましになったとはいえ、貴史はまだまだ東原辰雄という男について知らないことのほうが多い。それなりの期間付き合ってはきたが、きちんと向き合って話をする機会はめったになく、殊《こと》に趣味や嗜好に関してはほとんど聞いたことがなかった。元々東原は自分自身の話をするほうではないのだ。

ここに来るにあたり、貴史は正直なところ、年末の慌ただしい時期に海外に付き合わされるはめになるとは、と少なからず迷惑に感じていた。しかし、実際に来てみると、今まで知らなかった東原を知ることができ、大きな収穫だった。多少無理をしてでも従ってよかった、と遅ればせながら思う。

観光後イスマーイール お勧めの店で郷土料理のディナーをご馳走《ちそう》になり、邸宅に帰り着いたのは十時過ぎだった。

「シャワーを浴びたらこっちに来い」

貴史も多分に期待していたので、東原の傲岸な命令口調にさっそく体の芯が疼《うず》きだしてきた。熱を帯びた体の火照《ほて》りを少しでも冷まして平静を保とうと、ぬるめに調節したシャワーをしばらく浴び続け、三十分ほどして東原の許へ行った。

室内は薄暗かった。枕元のシェード付きランプの明かりが絞ってつけられているだけだ。広々としたキングサイズベッドに、東原が枕を背あてにしてヘッドボードに凭《もた》れている。部屋に入っていった貴史に気づくと、耳に手をやり、イヤホンを外した。イヤホンのコードが繋がった先にあるのはタブレットだ。

「音楽でも聴いていたんですか？」

「落語だ。『大山詣《おおやまま い》り』知っているか」

「いえ。不勉強ですみません」

東原に落語を聴く趣味があったこと自体が意外で、貴史は目を瞬かせた。

羽織ってきたバスローブを脱いで、全裸で東原の傍らに身を横たえる。

すぐに東原が筋肉の発達した逞しい体で貴史を組み敷き、ずっしりと体重をかけてきた。

肌と肌とが密着し、互いの熱と匂いを感じて、早くも満ち足りた気分になる。馴染んだ男の腕の中にいるのだという深い安堵《あんど》に包まれる。

「落語、好きなんですか」

「暇潰しに聴く程度だ。ガキの頃、浅草《あさくさ》近辺に住んでいて、ときどき演芸ホールに出入りしていた。うちに手伝いに来ていたじいさんが落語好きでな」

「ご自宅が商売でもされていたんですか」

「まぁな」

東原はぶっきらぼうに答えると、貴史の首筋に唇を這わせだす。

僅《わず》かに濡れた唇が肌の上をすうっと滑っただけで、官能を刺激され、ざわっと皮膚が粟立《あわだ》つ。感じやすい箇所を心得た東原は、そこを啄《ついば》み、きつく吸引し、貴史に「あ、あっ」と引き攣った声を上げさせる。

「もっと……もっと、あなたのことが、知りたいです」

「もう十分知ってるだろうが」

いいえ、と貴史は乱れた息をつきながら首を振る。

胸まで下りてきた指が、はしたなく突き出た乳首を摘《つま》み、クニクニと揉みしだく。そうして弄《いじ》られると淡く色づいた突起はますます色を濃くし、凝《しこ》って硬くなる。

「あ、あっ」

それに舌を這わされ、尖らせた先端で擽《くすぐ》ったり弾いたりして嬲《なぶ》られ、貴史は堪らず顎を反らせて喘いだ。

「おまえが知りたいのは、俺の過去か」

「ううっ……！」

充血して豆粒のようになった乳首に歯を立てて押し潰すように嚙まれる。ジンとした痺れが脳髄《のうずい》と下腹部を直撃し、腰が撥《は》ねる。

「はあ……っ、あ……それ、だめです。アアッ、嚙まないでっ」

「だめだ。今夜は俺がしたいようにする」

「怒ったんですか」

至らぬ質問をして、その気になりさえすればどこまで残酷になれるのか想像もつかない男の虫の居所を悪くさせたのか、と貴史は僅かに緊張した。東原に強く想われている自信はあるが、だからといって、すべてが許されるとつけ上がりはしていない。どれほど親密になろうとも、他人に踏み込まれたくない部分は誰しも持っているはずだ。

「怒る？　馬鹿馬鹿しい」

東原は顔を上げて貴史を迫力のある鋭い目つきで睨み据え、低い声で言う。凄まれたわけでもないのに背筋に緊張が走って、貴史は思わず身を竦めた。

東原と一緒だと、まるで獰猛《どうもう》な虎といる気がして、いつ急に気を変えて飛びかかってくるかしれない、喰われてしまうのではないか、と身構える気持ちを払拭し切れない。恐怖というより畏怖の念が働き、ふとした拍子に格の違いを感じさせられ、萎縮する。東原にかかれば自分など一撃で殴り倒され、従わされる存在なのだと思え、怖い反面恍惚《こうこつ》とした気持ちにもなる。この男に喰われて、彼の血肉になることが己の役割だとするのも、意義のある生き様ではないかと、そう一足飛びに思わせる何かを東原は持っているのだ。

「俺はおまえに何も隠さない。ただ、俺は元々あんまり自分語りをするほうじゃねぇんだ。ガキの頃は、じいやとばあやがうちにいて『坊ちゃん』呼ばわりされていたとか、知って楽しいか」

「楽しい……というか。……興味深い、です」

貴史は東原の目を真っ向から見つめ返して、正直に答えた。

その筋金入りのお坊ちゃんだった男が、どんな紆余《うよ》曲折《きょくせつ》を経て極道の世界に足を踏み入れ、自らが会長を務める組織を作り、今や東日本最大規模とされる川口組のナンバー2にまでのし上がったのか、いっそう関心が深まる。

「おまえはこの先もずっと俺の傍にいるつもりがあるんだろう?」

「え、ええ。もちろんです」

グッと荒々しく太股の間に膝を入れて脚を割り裂かれ、貴史は声が裏返りそうになるのをなんとか抑えた。

話をしながらも東原の手は貴史の胸板や腋下、脇腹などを巧みに愛撫し続け、動きが止まったり上の空になったりすることはない。こういうところでも東原は抜け目がなく、器用だ。

「だったら、じっくり俺という男を観察し、探ればいい」

貴史にも東原の言わんとすることは理解できた。

本人に話してくれと頼まなくても、言動に注意していれば真実を知る手がかりは案外転がっているものだ。そこから自《おの》ずと察せられたり、ばらばらに手に入れた情報を繋げて導き出せる答えがあったりするだろう。

「おまえはそういうのが得意だし、好きなはずだ」

冷やかしを込めた調子で断じられ、貴史は詰まってしまう。違うと否定できなかった。

「俺と一緒にいれば、そのうち俺がどういう男かわかる。すべてとは言わねぇが、賢いおまえのことだから、きっと概ね俺を暴くだろうよ」

気が向けば本人の口から聞かせてもらうことも中にはあるかもしれない。

「少々焦《じ》れったいけれど、その分、謎が長続きして楽しめそうですね」

「悪くないだろうが」

東原は得意げに言うと、貴史の顎を指で擡《もた》げ、がっつくように唇を塞いできた。

「んん……っ」

荒々しく唇を吸われ、呻《うめ》いた拍子にできた隙間をこじ開け、舌を差し入れてくる。

反射的に引っ込めかけた貴史の舌を、東原はすかさず搦《から》め捕《と》り、湿った水音を立てつつ口腔内で存分にまさぐる。

互いの唾液を混ぜ、啜り合う濃厚なキスを続けつつ、東原は腕を伸ばして枕の下から潤滑剤入りのプラスチックボトルを取った。

「ん、んっ……うう……」

パチンと片手でキャップを押し上げる音がやたらと猥《みだ》りがわしく耳朶《じだ》を打つ。

貴史はただでさえ紅潮させていた頬をさらに火照らせ、睫毛《まつげ》を揺らした。

すでにキスだけで脳髄が痺れ、酩酊《めいてい》しており、濡れそぼった唇をようやく離されても、まだ舌を絡めているのではないかという錯覚を受けるほど頭がぼうっとしていた。

四肢を投げ出すようにしてシーツに横たわった貴史の脚をさらに開かせて、東原は指に出した潤滑剤を双丘の間にたっぷりと施した。

ツルツルしたとろみのある液体で襞《ひだ》を一本一本濡らされ、つぷっと人差し指を埋められる。

「ひう……っ」

潤滑剤の助けを借りた挿入はあっけないほどスムーズで、痛みは欠片も感じなかったが、己の体に異物を穿《うが》たれる違和感と緊張は何度されても消し去れず、過剰なくらい反応してしまう。あえかな声を立てたり、ビクッと腰を揺らしたり、いつまで慣れないのかと我ながら恥ずかしい。

「おい。そんなに食い締めるな」

つい力んでしまって東原に揶揄されることもしょっちゅうだ。

「……っ、すみません」

貴史は羞恥に目を伏せ、大きく吸い込んだ息をゆっくりと吐き出した。

そうして体から力を抜くのに間合いを合わせ、東原が狭い筒の中でグッグッと指を動かす。

「あっ、あ、あっ」

いいところを的確に刺激され、貴史は腰を撥ねさせて嬌声《きょうせい》を放った。

「あ、だめ、ああっ」

容赦なく奥を責める東原の指に、あられもない声を立て続けに上げる。

ヌルヌルとぬめる器官を、指で擦りながら抜き差しされるたび、ぐちゅっ、ぬちゅっ、と耳を塞ぎたくなるような卑猥《ひわい》な湿り音がする。実際に秘部を弄られて受ける刺激と、耳からの刺激が相俟って、昂奮を高める。

だめだと口走りながら秘部をはしたなく収縮させ、東原の指を貪婪《どんらん》に引き絞る。本音はもっと激しく突いてほしい、奥まで抉《えぐ》ってもらいたいのだとわかっていたが、さすがにそれを率直に言葉にするのは躊躇われ、代わりに体に語らせる。こういうとき、貴史はそれ以外にねだり方を知らなかった。もっといろいろされて、いよいよ惑乱してくると、やっとなりふりかまっていられなくなって乱れてしまうのだが、僅かながら理性が残っているときが無性に面映《おもは》ゆく、ぎこちなくなってしまう。

何度か潤滑剤を足しつつ、東原の節のはっきりした長い指を付け根まで受け入れ、二本揃えて抜き差しできるように慣らされる。

後孔を解されながら股間でそそり勃つ陰茎にも手淫を加えられ、何度も追い詰められた。

竿全体を上下に扱《しご》き立てられ、気持ちよさに気が遠のきそうになるほど感じさせられる。わなわなと震え、閉じ切れなくなった唇の端からつうっと唾液が滴《したた》り落ちるのにもかまえず、腰を淫らに打ち振って悶《もだ》え泣く。

「あぁぁ、あっ！　いやだ、もう、イク……！」

股間から悦楽の波が全身を覆い尽くす勢いで迫り上がり、堪らず叫んで訴えたが、東原は意地悪くはぐらかし、なかなか達《い》かせようとしない。

先端から零《こぼ》れる淫液で貴史のいきり立った性器はべっとりと濡れ、小穴はヒクヒクと猥りがわしくひくつき続ける。

三度目に達する寸前まで追い上げられたとき、貴史はついになりふりかまっていられなくなり、東原の首に両腕を回して縋りつき、

「いやだ、やめないで。やめないでくださいっ」

と必死に哀願していた。

欲望が捌《は》け口を求めて凶暴に荒れ狂い、理性を凌駕《りょうが》しようとしていた。

「おまえでもそんな声を出すんだな」

東原は猛々しい雄の色香を振りまきながら、意地の悪いことを言って貴史をからかう。

悔しいがゾクゾクするほど艶っぽく、欲情をそそられた。

「あなたのせいです」

熱っぽい息を吐き、恨めしさを込めて言う。東原の顔を見上げて睨もうとしたが、潤んだ目で

はたいした効果はなかったようだ。

東原には、ふんとおかしそうに嗤《わら》ってあしらわれただけだった。

「言ってろ」

後孔に入れた二本の指を引きずり出し、膝裏に手をかけて両脚を深々と折り曲げられる。膝が胸につくほどで、自然と腰が浮き、尻が上向きになって恥ずかしい部分が露《あらわ》になる。

指でさんざん弄られ、寛げられて柔らかく解れた秘部を、もう一度確かめるように東原に指で軽く抉られる。

「い、挿《い》れて……ください。早く」

「そうがっつくな」

尻にわざと昂《たかぶ》りを押しつけてきておきながら、東原はなおも貴史を焦らす。

猛々しく張り詰め、肥大した剛直の先端に先走りを滲ませ、それを貴史の汗ばんだ肌に擦りつけ、淫らにひくつく襞の周囲を指で擽る。

「……くっ」

貴史は顎を反らせて唾を飲み、喉を鳴らした。

「たまには僕の言うことを聞いてくれてもいいでしょう?」

いつも翻弄されてばかりなのが情けなく、強気な発言をしてしまう。温厚な性格に見られがちな貴史だが、根は結構意地っ張りで負けず嫌いだ。

東原もそれを知っていて、わざと貴史を煽っているところがある気がする。

「そんなにこれが欲しいか」

「ええ」

東原の両腕をぎゅっと摑み、貴史は肝心なときには素直になった。

ちらっと舌を出して唇を舐め、誘うように東原の腕を引く。

「突いて。早く。もう待てない」

東原自身も、もうこのガチガチになった陰茎を貴史の中に沈め、激しく抽挿《ちゅうそう》して法悦《ほうえつ》を貪り、果てたがっているはずだ。

「好きに動いて僕を達かせてみせてください」

わざと男の矜持《きょうじ》を擽るようなセリフを吐くと、東原は不敵な笑みを浮かばせ、挑発に乗ってきた。こうした展開はどちらも承知の上での遣り取りだ。それでも東原は、貴史がここまで言うとは思っていなかったらしく、意外そうにしていた。

「おまえもだんだん男の扱い方が上手くなってきたな。佳人に何か入れ知恵されたか」

「い、いえ、べつに」

慌てて否定したが、東原は冷やかすように口元を歪めただけで、信じなかったようだ。

確かに貴史は佳人から赤面するような話を聞いたし、聞かれもした。酔った弾みの会話だったとはいえ、思い出すたびに顔から火が出そうになる。男同士でのセックスのやり方など、ほかに話せる相手はいないので、ある意味心強くはあるのだが、よもや東原に図星を指されるとは思ってもみなかった。動揺する。

「仲がいいのは結構だが、くれぐれも自分が誰のものかは忘れるな」

言うなり東原は貴史の蕩《とろ》けた秘部に雄芯《おしん》の先端をあてがい、ずぷっといっきに押し入ってきた。

「あぁ、あっ」

棍棒のように硬く太いものが湿った内壁を擦り、狭い器官をみっしりと埋め尽くしながら奥まで進んでくる。

「あああ、深い……！」

ずっしりと嵩《かさ》のある雄芯で最奥《さいおう》を突かれ、貴史はシーツに指を這わせてまさぐり、悶えた。

「あ、あっ、だめ。ああ、だめ、そんなに動かさないでっ」

「早く達かせてくれって泣いて頼んできたのは、おまえだぞ」

小刻みに腰を動かされていたかと思うと、半ばまで引きずり出した陰茎を荒々しく突き戻す。

ひいいっ、と貴史は背中を弓形に反らして煩悶《はんもん》した。

ピンと勃った乳首を摘まれ、くにくにと揉み潰すように嬲られる。

そうして胸の突起を捏《こ》ね回しながら、ずぶっ、ずぶっ、と卑猥な水音をさせて後孔を責められる。緩急をつけた抽挿を間断なく見舞われ、息が上がるほど感じて、悲鳴と嬌声を放つ。

「ああっ、いい。あ、もう、イク。達かせてっ」

「もう少し愉しんだらどうだ」

感じる部分を小刻みに連打され、貴史はひいっ、ひっ、と泣いて東原の発達した胸筋に爪を立て、汗で滑って図らずも引っ掻いた。

胸に爪痕を残されても東原は抽挿を緩めず、貴史を惑乱するほど責め立てる。

がっしりとした見事な体躯《たいく》の男が、自分の体の上で頑健な腰を使い、高みへと押し上げようとするのを、貴史は半ば朦朧《もうろう》として受けとめた。

一突きされるたびに腰の奥が痺れ、疼き、火照る。

電気を流されたような刺激が全身に広がり、頭の芯を撃つ。

次から次へと妖《あや》しい快感が湧き起こり、襲いかかってきて、貴史は身をくねらせてあられもない声を上げ続けた。

「いいか」

東原に聞かれても、まともに答えられず、首を横に振って「許してください」と泣くのが精一杯だった。

「だらしねぇぞ」

タフな男は勝ち誇ったように笑うと、最後の追い上げにかかる。

尻に腰を荒々しく打ちつけ、肌と肌がぶつかる音をさせながら、凶器のように猛った怒張を抜き差しする。

「ああっ、あ、あっ。東原さん、東原さんっ！」

最後は東原の名前を連呼し、淫らな声を上げて悶えることしかできなかった。

「貴史」

東原の割れた胸筋から降ってきた汗の雫《しずく》が、貴史の胸板に落ちる。

その些末な刺激にも感じてしまい、思わず乱れた声を上げた。普通なら何も感じるはずがないと思うのだが、喘ぎながら見上げた東原の満ち足りた表情にドキリと心臓を鳴らした直後だったせいか、想像が膨《ふく》らんで感じないはずのものを感じる妄想をしたらしい。

「あああっ」

貴史が顎を大きく仰け反らせて達したのを見届け、東原も奥に放った。

背骨が軋《きし》むほど強く抱き竦められ、弾んだ息を交えるように互いの口を貪り合う。

貴史からも東原を抱きしめ、積極的にキスを返した。

そのまま、いつの間にか睡魔に襲われて意識を手放したらしく、朝まで夢も見ずにぐっすり眠っていた。

2

翌朝は五時に東原に揺り起こされた。

「イスマーイールがランチに案内したい場所があるそうだ」

「ランチ……?」

まだ日も昇り切らないうちから何事かと訝しんだが、いつもながら東原は貴史に多くを説明しない。いいから服を着て支度しろ、と急き立てられ、昨晩の激しい行為の余韻があちこちに残ったままの気怠い体を起こして、熱いシャワーを浴びた。

いったいいつの間にイスマーイールとそんな話になったのかと首を傾げていると、昨晩貴史が気を失うように寝入ったあと、東原は居間でイスマーイールと一杯飲んだらしい。そのとき、明日はどうするかという話になって、イスマーイールがまた観光案内を兼ねて二人をちょっと珍しいレストランに連れていってやろう、と申し出てくれたらしい。

「社交家で客の接待をするのが大好きなんだそうだ。どうせおまえは行きたいところの下調べなんかしてこなかったんだろう?」

まさしく東原に指摘されたとおりだ。仕事を片づけるので手一杯だった貴史は、ぐうの音《ね》も出なくて苦笑した。

イスマーイールが連れていってくれるというレストランは、地元のサラリーマンたちも気軽にランチを食べに来るような店なので、ラフな格好でいいと言われ、シャツの上に薄手のセーターを重ねた。

「日本から着てきたオーバーコートも持っていけ」

今時分でも気温が上がる日中はプールに入ることもできるほど暖かだが、夜は防寒具なしでは震えがくるほど寒くなることがある。砂漠の近くは殊に寒暖の差が激しいようだ。まだどこに連れていかれるのか聞いていなかったが、貴史は素直に東原の弁に従った。

「そういえば、おまえはジーンズは穿《は》かないな」

「持ってないんです」

「一本もか？　まぁ、あんまり似合いそうな気もしないが」

「ちょっと一言多くないですか」

東原は面白そうにニヤニヤするばかりで悪びれた様子もない。

こんなふうに東原と気の置けない会話を気軽に交わせるようになったことが、貴史にはいまだにときどき信じ難い。

あのとき、一世一代の決意をして、決してクリーンとは言い切れない東原の手を摑んでよかったと思う。世間的には手放しで褒められた選択ではなかったかもしれないが、貴史自身は寸分も後悔していない。傍に、佳人や遥《はるか》という、理解してくれる人たちもいる。

「あなたの強引な誘いに乗ってここに来て、よかったです」

ジャケットにウールのパンツで、貴史同様普段着モードの服装をした東原について玄関ホールに向かう途中、貴史は昨日も思ったことをあらためて東原にちゃんと伝えた。

「そうか」

東原は無愛想を装って短く相槌を打っただけだが、口元が僅かに緩んだのを貴史は見逃さなかった。

オーバーコートの件もあって、なんとなくこんなことではないかと思っていたのだが、貴史の予想は当たっていた。一行は車で空港に向かい、イスマーイール所有のプライベートジェット機に乗って、七時半には雲の上を飛んでいた。

「アラブの大富豪にプライベートジェット機は、小説や映画ではわりとスタンダードなので、ひょっとすると僕もそれを体験させていただけるのかなと思わないではなかったんですが」

まさか実現するとは思わなかった。貴史はイスマーイールに、

「すみません、ちょっと驚かせてしまいましたか」

と謝られたとき、はいと頷きながら、あまりの落ち着き払い振りを逆に意外がられて、正直に答えた。

「なるほど。あなたは見た感じとは違って、とても剛胆で理性的な、いざとなったら頼りになり

そうな方だ。辰雄の言うとおりだな」

東原がイスマーイールに貴史のことをそんなふうに話していたとは知らなかった。気恥ずかしさを感じると同時に、ちゃんと認めてくれているんだなと第三者の口から聞けて嬉しくもあった。なかなか面と向かって相手を評価するような発言をすることはないので、普段は雰囲気や態度で察するしかない部分を、こうして言葉にして聞く機会は貴重だ。貴史自身、胸中では常に東原を持ち上げ、やることなすことに惹かれ続けているが、本人に直接伝えたことはほとんどない気がする。今さら口に出さずとも、貴史の気持ちは十分東原に通じていると思うのだが、それに甘えすぎないようにしようと気持ちをあらためた。

飛行時間六時間四十分の空の旅を経て降り立つ先は、チューリッヒだ。時差は三時間。到着は現地時間の午前十一時過ぎになるらしい。

「自家用ジェットでスイスまでランチってのも、豪勢な話だな。さすがの俺もぶっ飛びすぎてついてまねできん」

東原の開けっぴろげな発言にイスマーイールはしてやったりと満足そうだ。

「お客人に普段はしない経験をしていただくのが私の愉しみだ。言っただろう」

「レベルが違いすぎて言葉を失う。あんたはよほど暇らしい」

「私は辰雄のそういうクールなところが好きだ。この私に少しも媚びない。いっそへそ曲がりなほどに。それだから、どうしたらあっと驚かせられるのか、思案のし甲斐がある。もっと長く滞在してくれさえしたら、クルーザーを出してエーゲ海辺りをゆったりと巡りたいところだ」

「あいにく俺はあんたみたいに優雅に遊んでばかりはいられねぇんだ」

仮にも国王の遠縁にあたるという高貴な身分のイスマーイールが相手でも、東原は普段と変わらずざっくばらんで言いたい放題だ。ビジネスで縁があり、仕事を通じて付き合ううちに意気投合して友情を芽生えさせつつある、それ以外の付加価値は目に入っておらず、イスマーイール個人をあるがままに受けとめているのがわかって、清々しい。この付き合いに東原は打算など髪の毛一筋ほども差し挟んでいない。そこが貴史にはとても気持ちよかった。

「その代わり、また日本に来たときには、今度は俺が俺流にもてなしてやるから、楽しみにしていろ」

「ニンジャにもぜひ会わせてもらえると嬉しいね」

「知り合いに忍者はいねぇな。芸者はいるが」

ラウンジで、どこまで本気なのかわからない会話を続ける二人の傍を離れた貴史は、キャビン前方のシートに一人憂鬱《ゆううつ》な面持ちで座っている千羽に気がつき、近づいていった。

一瞬、どうせ話しかけてもまた不機嫌そうに眉を顰《ひそ》められるのがオチだろうから放っておいたほうがいいだろうかと迷ったが、千羽の醸し出す雰囲気が心なしか寂しげで、なんだか苦悩しているようにも見えたので、声を掛けずにはいられなかった。

気のせいか、千羽は日が経つごとに元気をなくしていっているように見えた。

「千羽さん」

ちょっといいですか、と貴史は千羽の隣のシートに手をかけ、馴《な》れ馴《な》れしすぎない程度の距離感を保って話しかけた。隣と言っても、総革張りのベルト付きリクライニングシートが、一席ずつちょうどいい間隔で並んでいる。

「どこか体調がよくないんですか？」

「……え？」

千羽はようやく貴史の存在に気づいたとばかりに頰杖を突くのをやめて顔を上げ、しなやかな指でサイドの髪を掻き上げた。

「いいえ」

予想に違《たが》わず、気分を害した険しい顔つきで突っぱねられる。

よけいなお世話、と煙たがられるだろうことは覚悟していたので、貴史はべつに傷つかなかった。ただ、近くで顔を見ると千羽が消沈しているのは間違いなく思え、お節介かもしれないが気がかりは去らなかった。

気の強い、突っ張ったところばかり目につくが、千羽のようなタイプには案外脆《もろ》く崩れやすい人がちょくちょくいる。貴史は、仕事上、様々な問題を抱えた人々と大勢相対してきたので、表面だけで人を判断しないことをモットーにしている。人を大まかにタイプ分けして、実はこういう人なのではないかと予測するのも、必要なスキルの一つだと考え、日頃から人間観察を怠らないよう心がけている。

千羽の場合はどうなのか。

貴史は千羽の綺麗に整った横顔を、不躾《ぶしつけ》にならない程度に見やり、思考を巡らせた。

もうすぐイスマーイールの秘書を辞めて日本に帰国するので、新生活に不安を覚えているのだろうか。だが、千羽の性格からして、そんなしおらしい理由で落ち込んだり思案に暮れたりするタイプとは思えず、その推察はしっくりこなかった。

元々千羽とはそれほど話をしていないし、高飛車で鼻持ちならない言動をしがちな気難しい人だという以外、まだ今ひとつ人となりを摑めずにいる。せめて千羽がもう少し貴史に対して友好的で、話せば胸襟を開いてくれそうな人であれば打ち解けやすいのだが、親しくするつもりはないと冷たく取り澄ました顔に書いてあるようで、積極的にかかわろうという気持ちが萎《な》える。

「あともう少ししたら高度を下げ始めるようですね」

先ほどキャビンアテンダントがイスマーイールに報《しら》せに来たことを言ってみたが、千羽はうんともすんとも反応せず、明らかに全身から迷惑オーラを放っていた。

仕方なく貴史は千羽と話すのを諦めた。とりつく島もないとはまさにこのことだ。

どのみち相談があればイスマーイールにするだろうと思い、貴史は踏み込まないことにした。

貴史が踵を返して千羽の傍を離れようとすると、今まで目すら合わせようとしなかった千羽が、反射的に顔を上げ、自分でも驚いたような表情で貴史を仰ぎ見た。

「千羽さん？」

「な、なんでもありません」

千羽は失態を犯してしまったとばかりに唇を嚙み、たちまちツンとそっぽを向く。

本当はもうしばらく貴史にここにいてほしいと思ったのかもしれないが、聞いても絶対に認めないであろうことは火を見るよりも明らかで、千羽の高いプライドを傷つけないために貴史は気がつかない振りをした。

「僕たちはまだしばらくラウンジのほうにいますので」

それだけ言って、あえて千羽の許を離れる。

頑《かたく》なで不器用な人だとは初っぱなから察していたが、思った以上に意地っ張りなようだ。せめてもう少し肩肘を張るのをやめれば、今よりずっと楽になれるかもしれないのにと思うのだが、貴史自身意地を張るほうなので、言うは易しだと承知している。人それぞれで性格にもよるのだろうが、素直になるのはなかなか難しいものだ。貴史にも覚えがある。千羽の心境は理解できる気がした。

チューリッヒ空港に到着したのはそれから一時間ほどしてからだ。

現地は快晴ではあったが、イスマーイールの国とは比べものにならないほど気温が低く、まさに真冬だった。東京の十二月より遙かに厳しい寒さで、オーバーコートを持参していなければ機外に出ることもままならないところだった。

イスマーイールも千羽も暖かそうな毛皮のコートをしっかり着込んでいる。イスマーイールはめったに民族衣装の裾の長い服は着ないらしく、スーツ姿に被り物だけしていることが多いのだが、ここではその被り物も取っていた。

千羽と並んで立つ姿は、なるほど主人と秘書というより、親密な友人同士といった印象を受ける。二人が着ているコートは同じブランドの物らしく、デザインに統一感があった。そうしたところからも、ただならぬ関係であることが窺い知れた。

千羽は気持ちの切り替えができて、いつもの調子を取り戻しているようだった。

目的のレストランはスイスの郷土料理を提供する店で、観光客向けのガイドブックにも必ずと言っていいほど掲載されており、いわば観光名所の一つとして知られているらしい。

「五百年前からある武器庫を改築してレストランとして営業している店で、建物自体に歴史的価値があるんだ。その上、こういう言い方は失礼かもしれないが、いわゆる観光客相手の店にしては料理が美味しい。話の種に一度訪れておいても悪くないだろうと思ってね」

イスマーイールは茶目っ気たっぷりに目を輝かせてレストランについて説明する。

「その極めて庶民的なレストランでランチするために、自家用ジェットを飛ばして俺たちを連れてくる気になるあんたが、俺には何より興味深い。ああ、べつに嫌味や不平を言っているわけじゃないぜ」

東原の遠慮のない言い様に、イスマーイールは「はっはっは」と声を上げて小気味よさげに笑った。

「辰雄にそんなふうに言わせられるとは、俺も捨てたもんじゃない」

ちょうど昼時の午後一時過ぎ、店に着いた。

石畳の広場の一角に建つ、貴史の想像を超える大きさの建物だ。昔の武器庫と聞いていたが、言われなければわからないほど趣のある佇まいをしていて、周囲の景色に溶け込んでいる。灰色がかった漆喰《しっくい》の壁、上部にアーチを付けて刳《く》り貫《ぬ》かれた出入り口には重厚な木製の両開き扉。高さで言うと二階部分に当たる位置にはたくさんの窓が並ぶ。店の外にはテラス席があり、スイス国旗をつけたポールが出入り口の頭上に斜めに掲げられ、郷土料理を出す店だとわかりやすくされているようだ。

「この辺りの店は二時でいったん閉めるところがほとんどなんだが、ここは夜までずっと通しで営業しているから、ランチ時に混んだあとも利用客が多い」

イスマーイールはあたかも地元のレストランに案内するかのごとく、心得た様子で説明する。

出入り口で店のスタッフに出迎えられた。

なにやらドイツ語で話しかけられたが、貴史は英語しかできず、最初の挨拶以外はさっぱり理解できなかった。おそらく予約のことを聞かれているに違いないとは察せられた。

答えたのは千羽だ。耳で聞く限りではまったく違和感のない、ネイティブと変わらない見事な発音で淀みなく会話する。

どうぞこちらへ、とすぐにテーブルに案内された。

店内はお客でいっぱいだった。ほとんどのテーブルが埋まっている。

腰の高さまで木材を貼った白壁、天井に渡された太い梁《はり》、空気を循環させるクラシカルなシーリングファンなど、内装にもたくさん見所があった。

壁には昔の絵や図面らしき物と共に、甲冑《かっちゅう》の胸部から上の部分や、ハルバード、メイスといった中世の武器、実際に個人が使っていたらしき銃のコレクションなど、歴史のある珍しい品々が飾られている。貴史はそれらを一通り見渡し、感心した。

テーブルに着くと、ウエイトレスに、どこから来たの、と英語で聞かれた。貴史が意表を衝かれた心地で目を瞠っている間に、千羽がそっけなく返事をする。

「ドイツ語と日本語のメニューをお願いします」

なるほどそういう意味か、と貴史は納得した。観光客の多い店だけに、何種類かの言語で書かれたメニューが用意されているらしい。

貴史は何が食べたいか聞かれて、とりあえず代表的なスイスの郷土料理を、と答えた。食にほとんど興味がないので、そもそも料理の名をあまり知らない。東原も似たり寄ったりらしく、ここはイスマーイールと千羽に任せて適当にオーダーしてもらうのが最良だと思った。

店の名物だという串焼きソーセージ、ヌースリという葉物のサラダ、スイスの定番料理らしき湖で捕れる魚のフライ、仔牛肉のクリーム煮と、何度かこの店に来たことがあるらしい二人ならではの、ポイントを押さえたチョイスをする。

イスマーイールと千羽の遣り取りは、いかにも気が置けない者同士の会話らしく、仲のよさが伝わってきて微笑ましかった。イスマーイールの再婚を機に、もうあと僅かで別れると決めている二人だとは思えない。お互い遊びや気まぐれで付き合っていたわけではなく、本気の恋愛をしていたのではないのかと、貴史は感じた。

「オーストリア料理ですが、ここのヴィーナ・シュニッツェルは外せないでしょう」

「しかし、それだとデザートまで入るか？」

「入らなければ無理して食べなくていいと思いますが。あなたはいつも締めに甘い物を食べたがりますね」

「悪かったな」

結局、千羽がデザートはまたあとで別の店に寄って食べればいい、と主張し、ウィーン風仔牛のカツレツまで入れてオーダーした。

千羽の言語能力は相当なレベルらしく、どの言葉を喋《しゃべ》らせてもネイティブと区別がつかないほど流暢で聞き惚れてしまう。その国の言葉を正しく話せるということと、ネイティブのように話すということは、似て非なることだと貴史は常々思っている。外国人の中に、日本人かと思うほど違和感のない日本語を話す人がいる。発音もだが、間の取り方や言葉を選ぶ感覚がネイティブと同じなのだ。これは長くその国に住んでいないと普通はなかなか身につかないのではないかと思うのだが、英語やドイツ語を駆使《くし》して会話している最中の千羽を見ていると、彼の話す言葉はそのレベルのようだ。相手が現地人と話す感覚で千羽と話しているのが、話す速度や表情などの反応に表れていた。

大きな木製の長テーブルに、次から次へと食事の皿が並ぶ。

どれもボリュームたっぷりで、とても美味しかった。

串焼きソーセージとはどういう料理なのかと想像を巡らせていたが、文字通り、自家製のソーセージの間にパプリカや豚肉を挟んで木串で貫いたものだった。付け添えはポテトサラダで、こちらも量が多い。ソーセージにはオニオンを煮詰めて作ったソースをかけていただいた。

せっかくだったので貴史もビールをグラス一杯だけ飲んだ。イスマーイールと東原はワインを一本空けてもまだ足りなかったようで、追加をデカンタでもらっていた。この店のハウスワインを試しにグラスでもらってみて、東原はこれが気に入ったらしい。イスマーイールも「相変わらず惚れ惚れする飲みっぷりだ」と、鼻歌でも歌い出さんばかりに上機嫌だった。

千羽もそれなりに楽しんではいるようだが、秘書としての立場を忘れてはおらず、目端を利かせて足りないところがあればすぐさま対応するそつのなさを見せた。自分は仕事中だという意識を働かせてか、アルコール類は口にしなかった。貴史同様、弱いのかもしれない。

食事をしながら、次はどこへ行くか、話し合った。話し合うといっても、千羽はイスマーイールに従うだけだという態度を貫いていたし、東原も特にこれといった希望はないようだった。

貴史も最初は何も考えつかなかったのだが、ふと、腕時計が欲しいと思っていることを頭に浮かべ、言ってみた。

「時間があれば、時計工房を見学したいのですが」

スイスといえば精巧な時計を作る優秀な職人が大勢いることで知られている。高校入学時に父親から贈られた時計をごく最近まで身に着けていた貴史が、初めて自分で購入する時計をいきなりスイスで求めるのは贅沢《ぜいたく》かもしれないが、せっかくの機会なので、工房を見せてもらえるなら見学だけでもしたかった。

「頼めば可能だと思うよ。なぁ、敦彦？」

「ええ」

千羽は仏頂面のままタブレット端末を指でタップしながら返事をする。同じ秘書でも佳人は手帳派で、何かあると必ず手帳を捲《めく》るのだが、千羽はすべてタブレット任せらしい。二人を会わせてみたら、いったいどんな会話をするのだろうか、と貴史は想像してみたが、あまり相性がよくなさそうだから、どちらも黙りこくったまま時間だけが過ぎていきそうな気がした。

貴史がついよけいなことを考えている間に、千羽はさっそく見学させてくれそうな工房に一つ目星をつけていた。

十九世紀初頭に創業したスイス発祥の高級ブランドで、知る人ぞ知るメーカーだという。元々ブランドに疎《うと》い貴史は聞いたこともなかったが、東原は眉をピクリと動かしたところからして、どうやら知っている様子だった。

「ヌーシャテルという、フランスとの国境に近い渓谷にある村に、世界屈指の技術を誇るマニファクチュールがあります」

マニファクチュールとは時計の駆動装置であるムーブメントから一貫して自社で製造する時計メーカーのことだ。ただし、今日ではすべての商品をムーブメントから製造することが可能なメーカーは稀《まれ》で、ムーブメントに他社製品を使用するラインと、自社一貫製品のラインとを分けているところがほとんどだそうだ。

「今から行けば夕方には着きます。ここからだと電車で二時間かかりますが、どうしますか」

「二時間……遠いですね」

尻込みしかけた貴史に、横合いから東原が口を挟む。

「いいじゃねぇか。他に行きたいところもないんだろう」

「帰りは夜十時に離陸するよう許可をもらっていますから、飛行機の時間は問題ないですよ」

イスマーイールにもそう言われたので、貴史は「では、ぜひ」と千羽の顔を見て答えた。

「先方に連絡してきます」

千羽はにこりともせずに頷くと、テーブルを離れて電話をかけに行った。

「愛想のない男ですみませんね、貴史さん」

イスマーイールが苦笑しながら千羽の非礼を貴史に詫びてくる。

「いえ、僕は気にしませんから」

主人に気を遣わせる秘書というのもあまりお目にかからないなと思いつつ、貴史は笑顔で受け流した。イスマーイールのほうも千羽に並々ならぬ情を抱いているようなのが感じられて、それでもこの人は四番目の奥さんと結婚するんだな、と理解できない気持ちが湧いた。

「OKです」

戻ってくるなり千羽は簡潔に報告した。

すぐにレストランを出て、タクシーで駅に向かう。

発車一分前という電車にギリギリで間に合い、時間のロスがほとんどなく移動できそうだった。すべて千羽が仕切っていて、貴史たちは「走って」「乗って」と叫ばれるのに従っただけだ。千羽の有能さは至る所で発揮された。

ジュラ地方と呼ばれる渓谷にはいくつかの村落があり、昔から時計産業が盛んらしい。

貴史でも見覚えのあるブランド名を掲げた工場を通りすがりに車窓から見た。

午後五時を過ぎた時刻だったが、どうやらイスマーイールはこの工房で以前オーダーメイドの時計を購入したことがあるらしく、工房の責任者が出迎えまでしてくれていた。

わざわざ職人たちに超過勤務を頼んでくれたと聞いて、貴史は動揺するほど恐縮した。

「私は今後もこの工房を贔屓《ひいき》にするつもりだから、少しくらい無理を聞いてもらってもかまうことはない」

これまでにも一千万超の時計を、自分用だけではなく贈答用にも何本かオーダーした、などと平然として言われると、貴史は「はぁ」と曖昧《あいまい》な相槌を打つのが精一杯だった。

昔裁判所だった建物を改築したという工房では、白衣姿の男女の技師が十名近く作業に勤《いそ》しんでいた。

古色蒼然《こしょくそうぜん》とした味のある外観とはガラリと印象が変わり、中は近代的な明るいインテリアが使用されている。ニューヨークかどこかにありそうな建築事務所を彷彿《ほうふつ》とさせる、白い大きな作業台にアームのついたライト、赤や黄色のカラフルな棚などが目についた。

顕微鏡のレンズのようなものを覗《のぞ》きながら黙々と細かな作業をする技師たちの様子に、貴史は興味深く見入った。

説明は管理職の男性がドイツ語でするのを、千羽が潜《ひそ》めた声で通訳してくれる。

イスマーイールは最初に出迎えてくれた工房の責任者と別室でお茶を飲んでおり、作業部屋には来ていなかった。

「日本ではあまり知られていないようですが、こちらのメーカーはコンプリケーションモデルの製作で有名です」

「コンプリケーションというと、複雑な機構を持つ時計という意味ですか」

「ええ。トゥールビヨンなどを指して四大コンプリケーションと称するようですが、面倒なのでその辺はご自分で調べてください。興味があれば」

「投げやりですね」

貴史は呆れるやら面白いやらで、引き攣った笑みを浮かべた。

「あとの三つはなんだ」

貴史には横着な態度をとる千羽も、東原の問いにはさすがに同じようには突っぱねられなかったらしい。

「ミニッツリピーター、スプリットセコンドクロノグラフ、パーペチュアルカレンダー、です」

すらすらと淀みなく答えてみせる。

「言えないわけじゃなかったんだな」

東原もたいがい人が悪かった。

千羽はあからさまに嫌そうな顔をしたが、どうしても東原には強気に出られないらしく、忌々《いまいま》しげに唇を引き結んだだけで、何も言い返さない。

「ミニッツリピーターか。超複雑機構だな」

東原の呟きに貴史は視線を上げて顔を見た。

「そうなんですか」

「ああ。どうせ時計を買うなら、コンプリケーションモデルにしたほうが面白い。小さな文字盤の下に宇宙が詰まっているようなもんだ」

ずいぶんロマンチックな言い方だ。

貴史は軽く目を瞠った。東原にこんな一面があったとは知らず、また一つ、惹かれる部分を見つけた。

「こちらで一番手頃な価格帯の時計は、おいくらぐらいでしょう?」

千羽は何か言いたげな眼差しで貴史を一瞥したあと、案内役の男性にドイツ語で聞いてくれた。

「だいたい日本円で三百万だそうです」

貴史にとっては目の玉が飛び出そうな金額だ。

聞くだけ聞いたものの、これはやはり無理かと早くも諦めそうになった。払える払えないの問題ではなく、分相応かどうかだ。それが一番気になった。

「……ちょっと厳しいかな……」

言いかけた貴史の肩を、東原がグッと手で摑んできた。

「俺もそのおまえが買うのと同じやつを買おう」

「東原さん?」

まだ買うと決めたわけでは、と狼狽えたが、東原と目を合わせた途端、貴史は言葉を引っ込めていた。

東原の眼差しは真摯《しんし》で、いいじゃねぇか、たまには、と穏やかに貴史を焚《た》きつけていた。

「箱にリボンをかけてもらって、俺に寄越《よこ》せ」

「……え?」

「代わりに、俺が買うやつを、おまえにやる」

同じ品を買うのであれば、どっちがどっちに行っても結果は同じだが、東原はまたしても甘やかな提案をしてくる。命令口調で、ぶっきらぼうに。

貴史は嬉しさと面映ゆさで「はい」と言うなり俯いた。

これは確かに名案だ。

自分のために買うのではなく、東原に贈るためだと思えば、覚悟がつけやすい。

東原が貴史に贈ってくれる時計なら、一生大切にしたいと思う。

「リボン、かけてくださいね」

「ああ」

二人の遣り取りを耳にした千羽は、複雑な表情の横顔を見せていた。

貴史と東原が羨ましい……悔しいが、羨ましい。そんな叫びが聞こえてきそうで、気づいたとき貴史は、千羽の気持ちも思いやらずに申し訳ないことをしたように感じた。

時計は店舗から取り寄せて、直接日本に送ってもらうことになった。

東原と一緒に選んだ時計が初の海外旅行の記念の品だ。

東原とはいろいろあったが、ついにここまで来たんだなと思い、貴史は帰途、プライベートジェット機の機内で今がある僥倖《ぎょうこう》をしみじみと嚙みしめた。

3

トゥルルルル、という軽快な電子音で貴史が目を覚ましたのは二時過ぎという時刻で、枕元のアナログ時計を見た貴史は咄嗟《とっさ》に午前か午後かわからず混乱した。

慌ててコンソールパネルのボタンを押して遮光になった電動のドレープカーテンを開くと、たちまち眩《まばゆ》い陽光が大きく取られた窓からレース越しに差してきて、昼の二時だとわかった。

「もしもし」

電話はイスマーイールからだった。

『昨日はお疲れ様。そろそろ起きる頃かなと思ってかけてみたんだが、ひょっとしてまだ寝ていたかな？』

「起こしていただいてよかったです。こんな時間まで寝ていてすみません」

『なぁに、チューリッヒまで一日で行って帰るという強行軍に付き合わせたんだ。こっちに戻ってきたのが今朝の六時半だったからね。なんならまだ寝ていてもかまわないよ』

「ああ、いえ、とんでもありません」

貴史は恐縮して受話器を耳に当てたままかぶりを振った。

初対面のときから気さくで親しみやすかったイスマーイールだが、小旅行を通じていっそう懇意になれたようだ。イスマーイールの言葉遣いにもそれが表れており、ざっくばらんに砕けた感じが強まっている。

『起きてもいいなら、テラスで私とお茶を飲まないか。辰雄は一時間ほど前に出掛けたよ。そのときもきみはまだぐっすり眠っていたから、何も告げずに行くと言っていた。こっちで一件商談があるそうだ。私との馬の話以外にも根回ししているのだから、あの男も本当に抜け目がない。機会を無駄にしない欲深さを、私は気に入ってはいるけれどね』

まったくだと貴史も同意し、東原らしいと苦笑する。

通訳が必要とのことで、千羽が東原に同行しているらしい。

貴史はお茶の招待を受け、急いで身支度を整えると、二階のバルコニーに用意されたテーブルをイスマーイールと二人で囲んだ。

外は適度に風が吹いていて心地よかった。

三段になったケーキスタンドにサンドイッチ、スコーン、ペストリーが華やかに載せられ、香り高い紅茶をいただく。英国式の本格的なアフタヌーンティーを愉しんだ。

イスマーイールは民族衣装のディシュダシュを着ており、寛いだ印象だった。被り物の柄と巻き方は相変わらず一工夫されていてお洒落だ。どれほどフレンドリーでも、どんな格好をしていても高貴さが滲み出るのは、やはり王族の血を引いているからだろうか。

優雅な手つきでカップを持ち、イスマーイールは貴史が明日いっぱいまでしかこちらにいないことを残念がる。

「明後日の便で帰ることにしたと辰雄から聞いた。明後日と言っても日付が変わってすぐだから、貴史がここにいてくれるのも明日いっぱいか。あっという間だなぁ」

そう言って、本当に名残惜しそうな顔をするので、貴史はなんだかもったいない気持ちになった。イスマーイールは東原のみならず貴史にまで、旧知の友人をもてなすかのごとく、よくしてくれた。さんざん世話になりっぱなしで何一つお返しできていなくて申し訳なかった。貴史さんと呼ばれていたのが、いつの間にか貴史と呼び捨てにされるようになったことも親しさの表れだと思えて光栄だ。

「昨日はチューリッヒにまで連れていっていただいて、すごくよかったです。本当にありがとうございました」

「お安いご用だよ。辰雄とペアウォッチなんて羨ましい。きみたちの関係に妬《や》けるね。私は敦彦から何ももらったことがない。贈るばかりだ」

ペアウォッチとあらためて言われて面映ゆい。

イスマーイールには千羽との関係を隠す気はさらさらないらしく、別れを決めても愛情はいっこうに冷めていないらしいと感じさせる発言を堂々とする。まだ好きなのに、千羽を手放し、別の人と結婚しようとしているイスマーイールが貴史にはやはり理解し難く、いったいどんな事情があるのか気になった。

「近々結婚されると聞きました」

「そのとおりだよ」

イスマーイールはフッと諦念に満ちた溜息を洩らし、肩を竦める。

「お相手はどんな方なんですか」

立ち入りすぎかとも思ったが、イスマーイールがあまりにも乗り気でなさそうな顔をするので、聞かずにはいられなかった。

「私より一回り年下の、二十五歳の女性だ。大学院出の秀才だが、学歴や家柄を鼻にかけない気立てのいい人だよ。紹介されたんだ、陛下に」

「国王陛下ですか」

イスマーイールは頷き、自嘲《じちょう》気味に嗤った。

「さすがの私も、無下《むげ》にはできなくてね」

そういうことか、と貴史はいっきに納得した。これまで抱いてきた疑問が全部氷解する。国王の勧めでは断りにくいだろう。千羽も何も言えずにいるに違いない。

「本当は……敦彦を愛している」

イスマーイールは率直に打ち明けた。

貴史と東原の関係を承知しているからこそ口に出せたのかもしれない。誰彼かまわず茶飲み話に持ち出しているとはとても思えなかった。

「愛しているが、結婚は回避できない。プライドの高い敦彦が、それなら別れると言い出したのは、やむを得ない話だ。私には引き止める権利はないし、婚約を破棄しない限り敦彦を思いとどまらせることはできないとわかっている。敦彦はそもそも、私が本気ではなく遊びで付き合っていると思っているんだ。最初に関係を持ったとき、私にはまだ三番目の妻がいたからな。彼女と別れてからは敦彦一筋だったんだが、敦彦にしてみれば、またかという程度の認識で、私の本気を感じ取ってはくれなかったようだ。私は結婚と離婚を繰り返してきた前科持ちの男だからね」

おどけた口調とは裏腹に、イスマーイールの顔は徐々に陰ってきて、苦悩を滲ませだした。

貴史は見ていて辛く、同情する気持ちと共にもどかしさが湧いてきた。

「それは、一度はっきり千羽さんに本当の気持ちをお伝えになったほうがいいと思います」

お節介を承知で貴史はイスマーイールに意見した。

「さっき僕に打ち明けてくださったとおり、同じ言葉を千羽さんに言ってあげてほしいです」

我が身を省《かえり》みて、千羽の気持ちと重ね合わせたとき、貴史は千羽がイスマーイールの本心を聞きたがっている気がしたのだ。

「僕も少し前までは相手の気持ちがわからなくて、ずいぶん悩んでいました。千羽さんみたいな人はどうか知らないですが、僕は自分にまったく自信がなかったし、きっかけも……その、体からだったので、ちゃんと言葉にして好きだと言ってもらうまでは、いつ別れようとばかり考えていました。考えるだけで実際別れることはできず、ズルズルしていたんですけど」

貴史の場合は、往生際が悪かったおかげで早まらずにすんだことになる。

「千羽さん、日本に帰るとおっしゃってるんでしょう?」

そうなるともう二度と会えなくなるかもしれない。会わなくていいように千羽は距離をおこうとしているのだ。その気になれば、秘書としてずっとイスマーイールの傍に居続けられるはずなのに、妻《めと》を娶ったイスマーイールは見たくない、嫉妬《しっと》をする自分を許せない、と突っ張っている千羽の心が見えるようだ。

「いつでも発てるよう、準備万端整えている」

イスマーイールは指先でこめかみを押さえ、沈んだ声を出す。

「山ほど資格を持っている男だから、いきなり帰国しても仕事は見つかるだろうが……」

「偶然ですが、僕も今、人を探しているところです」

「ああ、辰雄も言っていた。だが、敦彦はあのとおり、いささか性格がきつくて人を見下したところのある仕方のない男だ。その分有能なのは保証するが、年下のきみには少し荷が勝ちすぎるかもしれない。扱いにくいのは確かだ。夜ベッドでお仕置きできるような関係になれるなら話は別だが、貴史にはそれは絶対無理だろう?」

最後は冷やかすように言われ、貴史はじわっと顔を赤らめた。

「ベッドでお仕置きは無理ですが、普通に雇うことはできると思いますよ。職業柄、少しは弁も立ちますし、言われっぱなしで我慢していられるほど内気でもお人好しでもないですから」

「それは頼もしい」

イスマーイールは茶目っ気たっぷりに目を瞠り、それからすっと表情を引き締めた。

「その厚意に甘えてもいいだろうか。貴史、敦彦をきみの許で雇ってやってほしいと頼めるだろうか」

「ええ。僕はむしろ来てもらえれば助かります。ただ、千羽さん自身がうちみたいな小さな弁護士事務所で納得するかどうか。洟《はな》も引っかけないで、けんもほろろに断られるかもしれません」

「いや、どうかな。敦彦はあれで案外きみのことを気に入っているんだ。そうは絶対に悟らせないだろうし、聞いても猛反発して違うと言い張るに決まっているが」

「千羽さんが、僕を……？」

それはないだろうと思ったが、万一イスマーイールの言うとおりなら、もちろん嬉しい。

貴史自身は千羽のことをまんざらでもなく思っている。面倒くさくて腹の立つ言動も多いが、それを差し引いてもすこぶる魅力的だ。才能と美貌と嫌味な態度があれだけきっちり揃っていて、なおかつ興味を引かれる人というのは、そうそうめったにお目にかかれるものではない気がする。

「今夜、夕食のあとにでも千羽さんと話してみますよ。……帰ってきますよね？」

「もちろん晩餐《ばんさん》までには戻ってくる」

千羽が、というより、東原のことを言われたように聞こえ、貴史は狼狽えてしまって「え、ええ」と辿々しく相槌を打った。

クスッとイスマーイールに笑われる。

「常に冷静でクールな貴史がグダグダになることがあるとすれば、それはきっと辰雄が関係しているときだな」

「……っ」

そうかもしれないと思って、貴史は違うと否定できなかった。

「あなたや辰雄が身近にいれば、敦彦のことで私が気を揉む必要はなさそうだ」

続けてイスマーイールはそんなふうに言い、すっと椅子を引いて立ち上がる。

「貴史、どうか、敦彦をよろしくお願いします」

イスマーイールに深々と頭を下げられた貴史は慌てて自分も立ち上がった。

伸ばされてきた手を握ると、イスマーイールはもう一方の手も添えてきて、貴史の手を両手で包み込むようにして握り締めてきた。

「話をすれば、敦彦はきっとあなたと一緒に帰国すると言うでしょう。今夜、私も彼と話します。ちょっと照れくさいのですが、好きだったと……今でも愛していると、最後にきちんと伝えることにしますよ」

「あなたの気持ちを千羽さんが知ったら、千羽さんは秘書を辞めないのではありませんか」

そうなるのが当然の気がして貴史は首を傾げた。

しかし、イスマーイールは落ち着き払った眼差しで貴史を見つめ、いいえ、と首を横に振る。

「知れば敦彦はなおさら私の許にはいられないと言うに決まっている。あれは、そういう男です。とてもプライドが高い。国王に負けて結婚した私など、見るのも嫌なはずだ。自分が好きになったのはそんな男ではないと、敦彦は最後まで意地を張りますよ。国王に屈するしかない私は、甘んじて誹《そし》りを受け、敦彦の幸せを遠くから見守ります」

好きな男が、好きでもない女性と政略結婚させられ、いずれ子供まで抱くようになるのだと想像すれば、辛すぎて傍にはいられないと思うのも無理はないかもしれない。どんな形であってもずっと身近にいたいと思う人もいるだろうし、どちらかといえば貴史自身は後者に近い感覚だが、千羽はおそらくゼロか百の男なのだ。愛人のような形でイスマーイールとの恋愛を続けるのは、プライドが許さないのだろう。愛されていると知った以上、よけい傍にはいられないと考えるだろうとイスマーイールが言うのは、なんとなく理解できた。

「千羽さんは……その、性格はちょっときつめですが、綺麗だし仕事はできるし、なので、すぐに新しい恋人ができるかもしれません。それでも平気ですか」

貴史の問いにイスマーイールは穏やかに微笑み、

「平気でいられるように努めます。私が彼を幸せにしてやれない以上、誰かに彼を幸せにしてもらいたいので」

と、自分自身に言い聞かせるような口調で答えた。

イスマーイールの決意は固いようだ。

貴史は黙って頷いた。

こんな形で別れるカップルもいるのだと、せつなく感じた。

自分はどうだろうと貴史は我が身に置き換えて自問する。

東原が組長から嫁をもらえと言われ、それが断るわけにはいかない相手だとしたら、自分も千羽のように身を引くだろうか。

自然に、身を引くという言葉が出てきて、ああ、と貴史は今度こそ合点《がてん》がいく気がした。

千羽が高飛車な言い方、態度の男だからついそんなふうには思えなかったのだが、意地っ張りでわがままな振りをしていることを差し引けば、要するに千羽はイスマーイールのために身を引こうとしているだけなのだ。

ますますせつなくなった。

平気なはずがない。本当は、どんな形でもいいから傍にいたいと思うものではないだろうか。

だが、千羽は泣いて縋ってイスマーイールを困らせるようなことはしないのだ。それが彼のプライドなのだ。

イスマーイールも全部承知している。

だから、手放せるのだと、ようやく悟れた。

「千羽さんは僕と一緒の飛行機に乗ると言うかもしれません」

「ああ。辰雄はまだあと一日か二日、今日の商談の関係でこちらに残るようだ。今夜から明後日の未明にかけては、お互いゆっくり過ごすことにしよう」

「そうさせていただけると、ありがたいです。帰国したら山積みの書類が僕を待っているので、当分東原さんと会っている暇はなさそうですから」

うまくいけば千羽に手伝ってもらえるかもしれない、と胸の内で期待しつつ、貴史はにっこり笑って返したのだった。

*

午前二時五十分に発つ成田行き直行便に、貴史は千羽と一緒に搭乗した。

到着は同日の夕刻、午後五時二十分の予定だ。

結局、土曜日に出立して木曜日に帰る、四泊六日の旅だった。途中、スイスに飛んだりして慌ただしく過ごした日もあったが、イスマーイールの自宅がとても快適で、宿泊先の移動がいっさいなかったので、思ったほど疲れなかった。

「出発間際まで部屋に籠《こ》もっていたから、もしやとは思っていましたが、あなたもほんと隅に置けませんね」

この日、ビジネスクラスの搭乗者は十人程度で、座席はところどころ空いていた。

離陸後、シートベルト着用サインが消えるまでの間、千羽は貴史の隣の席に座っていたのだが、相変わらず感じが悪くて貴史を閉口させたり、狼狽えさせたりした。

それでも千羽を嫌いになれないのだから、これはもはや、出会うべくして出会った、縁のある相手に違いないと思うほかなかった。

東原、そして佳人の次に巡り合った、貴史にとって意味のある相手なのだろう。

隅に置けない、などと言われ貴史は咄嗟に項《うなじ》に手をやりかけて、ハッと気を取り直す。

実際貴史は東原と一日の大半をベッドで過ごしたが、用心深い東原が人目につきやすい場所にキスマークを残すような失態をするわけがないと冷静になり、人の悪い千羽の引っかけには乗らなかった。

「あなたも、イスマーイールさんといい時間を過ごされていたようで」

千羽の肌にこの数日初めて見るような艶が出ているのを、リムジンに揺られて空港まで行く道すがらから気づいていた貴史は、負けじと言い返した。

イスマーイールと東原には、玄関先までの見送りでいいと言ったので、貴史が最後にイスマーイールを見たのはリムジンに乗り込む前にハグし合ったときだ。そのときイスマーイールの体から立ち上ったトワレの微かな香りが、今、隣に座っている男の肌からも仄かに香っている。

「……よけいなお世話です」

千羽は自分のことを指摘されるとたちまち不機嫌になる。

人にはズケズケと遠慮も何もなく好き勝手なことを言って憚らないくせに、己がやり込められる立場になったり、分が悪くなると怒った顔をして唇を曲げて黙り込むのだから、子供と大差ない。取り澄ました冷たい美貌からは想像もつかない大人げなさだ。最初は貴史もムッとしてばかりだったが、慣れてくるといっそ可愛いと思えてきた。そんなふうに貴史が思っていることを千羽に知られたら、それこそ頭から湯気を立てて怒るだろう。悟られないように気をつける。

それはさておき、貴史はイスマーイールが千羽と話をして、最後にたくさん愛情を注いだのだと察して、心の底からよかったと感じた。

千羽のすっきりとして、迷いが吹っ切れたような顔を見れば、心の整理がついたのであろうことは疑いなく、千羽のためにもイスマーイールのためにもこれでよかったのだと思えた。

「それにしても、貴史さんのやっている事務所というのは、せいぜい三十平米程度のスモールオフィスなんでしょう。事務担当の女性もいると言うし、私がする仕事なんかあるんですか」

「一つ一つの案件は離婚訴訟だったり借金問題だったり、相続争いだったりと、地味でありふれた事案が多いんですが、数がそれなりにあるので、僕と事務員一人では回らないんです」

「聞くところによると、先月末で辞めた弁護士、四ヶ月もせずに辞めたそうじゃないですか。よっぽど不満があったんでしょう？　給料が安いのに残業が多くて休みも休めないとか」

「イスマーイールさんの秘書って、いくらもらっていたんですか」

参考までに聞くと、千羽はフフンと得意げに顎を反らし、月百万という破格のサラリーを受け取っていたと言う。しかも、ビジネスで通訳を正式に引き受けるときは、別にその分の料金をもらっていたらしい。

「資格を取るのが趣味っておっしゃってましたが、今、いくつくらい持っているんですか」

「さぁ。五十を超えたあたりから数えるのをやめたので正確にはわかりません。ファイルを見れば全部証書を保管してありますよ」

千羽はシートベルトを締めたあたりで両手を組み、長い指を神経質そうに動かした。

自慢する自分に嫌気が差すとばかりで、あまり心地がよくはなさそうだ。自分でも決して性格のいいほうではないと自覚しているのだろう。わかっているのに、持って生まれた性格をなかなか変えることができずにいる苛立ちの表れのように貴史には感じられた。

「ちんけなスモールオフィスに私のような華やかな経歴と容姿を持つ人間がいて、貴史さんは大丈夫ですか？　自慢じゃないですけれど、私のような人間が勤めるのは才能の無駄遣いというものでは。貴史さんも、弁護士先生のほうが司法書士より地味で冴えないと思われたら悔しいでしょう？」

またまた千羽が厚かましく、己を恥ずかしげもなく持ち上げる発言をする。十分自慢している、謙遜する気など微塵もないだろう、と突っ込みたくなる。

こういう人に対しては、遠慮しないほうがうまくいくのかもしれないと思い、貴史もめったに出すことのない辛辣《しんらつ》な一面を千羽にだけは容赦なく見せた。

「べつに、それはまったくかまいません。僕の友人や知人は皆綺麗な人ばかりなので、千羽さん程度なら免疫がついていますから」

「……それは、そのうち私にもご紹介いただきたいですね……！」

常から美貌を鼻にかけている千羽としては、自分をたいしたことのないように言われるのが許せないようだ。

べつに貴史は佳人や、茶道師範をしている織《しき》を引き合いに出してまで千羽との舌戦に勝たなくてもよかったので、「機会があれば」と流しておいた。

その一方で、佳人と千羽を会わせたら、二人はどんな会話をするのかと想像を巡らせる。

ちょっと、わからなかった。佳人も意外と気が強くて負けず嫌いな一面があるので、言われっぱなしでは収まらないだろうと思うのだが、それ以前に、千羽が佳人のような静謐《せいひつ》な中に強い情念を燃やしているようなタイプを恐れる気もして、突っかかっていかない気もする。

貴史は千羽のプライドの高さを逆手にとって、一つ大胆な提案をしてみた。

「千羽さんがもし僕を凹《へこ》ませたいなら、一年以内に司法試験に合格してみせてくれるのが最も効果的ですよ。僕は一度失敗しているクチなので、ストレートでパスした人は純粋にすごいなと思います」

「……え？」

これにはさすがの千羽も大口を叩けなくなったらしく、悔しげに黙り込む。

「一年以内、はさすがに無茶ぶりかもしれませんが、でも、あなたなら、三年みっちり勉強すれば司法試験にも合格できる気がします」

貴史は冗談はさておきと前置きして、真面目に千羽に言った。

「根拠もなくよくそんな軽口が叩けますね」

千羽は俯きがちになったまま忌々しげに唇を歪ませる。

「確かに根拠はありませんが、千羽さん、負けず嫌いだから。相当な努力家でもあるでしょう」

でなければ五十も六十も社会に通用する資格が取れるはずがない。

貴史は決して千羽を表面だけで見てはいなかった。

それで前に痛い目に遭っているので、人事に関しては特に慎重だ。千羽のことは、正直まだまだ未知の部分が多く、雇いはしたものの、本当に事務所の役に立つのか、貴史自身のためになるのか、千羽自身にとってもいいことなのかわからない。ただ、試してみる価値はあると踏んだ。

だから雇うと決めたのだ。

「僕はあなたに期待しています」

貴史は率直に千羽に告げた。

千羽の綺麗な横顔がじわじわと赤くなる。

「それは、どうも」

返事はそっけなかったが、我慢できなくなったように通路側に顔を背け、貴史から顔を隠した

しぐさに、千羽のまんざらでもない気持ちが窺えて、今はそれで十分だと思った。

少しずつ親交を深めていけば、千羽は貴史といいコンビになってくれるのではないか。

プライベートでの唯一無二の親友は佳人だが、千羽とは仕事を通じて理解し合える気がした。

ポーンと軽い合図の音がして、シートベルト着用サインが消えた。

千羽はそれを待ちかねていたようにシートベルトを外すと、席を立つ。

「空いている席がたくさんあるので、私は二つ後ろの窓際に移ります」

さっそく嫌われたか、と貴史は消沈しかけたが、千羽はツンとしたまま口早に言い添えた。

「考えておきますよ、司法試験」

えっ、と貴史が伏せかけていた顔を上げたとき、千羽はすでに通路に出て背中を向けていた。

とりあえず千羽も貴史を受け入れてくれたらしい。

遅れてじわりと喜びが込み上げる。

幸先《さいさき》は悪くなさそうだ。そんな予感がした。

今はまだ相容《あいい》れたとは言い難い二人を乗せたジャンボジェット機は、一路成田を目指して夜間飛行を続けていた。

ウェディングパーティーの後

恵比寿《えびす》のホテルで行われた披露宴は、三時過ぎにお開きとなった。

「心に残るよい宴会でしたね」

新婦の父である柳《やなぎ》も、最後に花束を贈呈されたときには、堪え切れなかった様子で目を赤くしていた。三十過ぎてもいっこうに嫁に行く気配もない、と苦笑混じりに常々ぼやいてみせながら、内心では娘がずっと傍《そば》にいてくれることをまんざらでもなく思っているようだった柳を知っているだけに、佳人《よしと》は果たして柳は今どんな心境でいるのだろうと思わずにいられない。柳はすでに妻を亡くしており、ここ十年来、一人娘と二人で暮らしてきたのだ。嬉しさと寂しさが一挙に押しかけてきて、さぞかし複雑に違いなかった。

「年下だが、しっかりしていて誠実そうな相手だったな」

無視されるかと思いきや、珍しく遥《はるか》も口を開く。

ブラックスーツに白い織柄のネクタイを締めた遥は、普段とはまた違った印象で佳人を惹きつける。仕事上の付き合いから、遥が準礼装に身を包み、結婚式に出席する姿を見る機会は、少なくない。しかし、今回のように佳人も一緒に招かれ、二人で祝賀の宴《うたげ》を見届けたのは初めてだ。そのせいか、佳人は今日一日、遥の隣でずっと胸を騒がせっぱなしである。傍にいるようになってもう二年になろうとしているというのに、いつまで経っても遥との関係は新鮮で、何かしらの発見と感動に恵まれる。

宴会場のあるフロアからエレベータでロビーに下りた。

大安吉日らしく、ロビーは披露宴の招待客や親族と思《おぼ》しき人々でいっぱいだ。

表のロータリーもタクシーを待つ人が列をなしている。なかなか空車が回ってこないようで、エントランスの係に聞くと、三十分はかかりそうです、と申し訳なさそうに言われた。

「どうしましょうか、遥さん？　並んで待ちますか？」

いつもは用事がすめば迎えの車に即乗り込んで移動することが多い遥だ。自分はともかく、佳人は遥を行列に並ばせることを躊躇《ためら》った。しかし、今日は普段と勝手が違い、遥と同じように飲んだ佳人も運転できなければ、ビジネスのときのように運転手の中村《なかむら》に社用車を回させることもできない。時間をずらせば少しはましになるのかもしれないが、あいにくラウンジもレストランも満席らしく、それも難しそうだ。

「べつに俺は電車で帰ってもかまわない」

遥は仏頂面をしたまま感情の籠《こ》もらない声で返すと、ちらりと横目で佳人を流し見る。おまえはどうしたい、と視線で聞かれたようだ。

「そうですね。……そうしましょうか」

引き出物の大きな手提げ袋を二人とも持っていたが、三十分待つよりそのほうが自分たちの性に合っている気がした。

幸い天気も上々で、微風の吹く春らしい陽気が心地いい。

駅はホテルから七分ほど歩いたところにある。

エントランスを出て左手に行き、ホテルの前の横断歩道で立ち止まり、走ってくる車が途切れるのを待つ。

連なってくる車をやり過ごしていると、一台の車が少し手前から左にウインカーを出しながらスピードを落とし、横断歩道を越えたあたりで路肩に寄って停車した。

特に目を引かれたわけでもなかったのだが、何気なく見ていると、助手席からほっそりとした人が降りてきて、佳人と目を合わせ、はんなりと微笑んだ。

えっ、と佳人は面食らう。

一瞬相手が誰だかわからなかったのだ。

「佳人さんではありませんか?」

オフホワイトのパンツにチャコールグレーのシャツを羽織ったその人は、懐かしそうな顔をして佳人に話しかけてくる。骨格が華奢《きゃしゃ》で、小作りな顔の中にあってひときわ瞳が大きく、一見すると女性かと思ったのだが、男性だ。

風がさらっと、項《うなじ》で一括りにした黒髪を靡《なび》かせる。

その長くて艶やかな髪が、遅ればせながら佳人に気づかせた。

「織《しき》先生」

佳人の声に傍《かたわ》らにいた遥も顔を向ける。

「知り合いか?」

「あ、……はい」

佳人は遥を振り返り、若干の気まずさを覚えながら答えた。

その間に織は二人の傍《そば》まで歩み寄ってきていた。

「お久しぶりですね。お元気でいらっしゃいましたか」

「はい。こちらこそ大変ご無沙汰しておりました」

よもやこんな場所で織に会うとは、思いがけない偶然だ。佳人は遥を気にかけながらも、織に丁寧にお辞儀をし、挨拶《あいさつ》する。

「結婚披露宴からのお帰りですか？」

織は佳人と遥を交互に見て尋《たず》ねる。その際、遥にも礼儀正しく会釈《えしゃく》をし、急に引き止めて申し訳ないといった眼差《まなざ》しをした。

はい、と佳人が頷いたとき、五メートルほど先に停まっていた車の運転席から男が顔を出し、「織！」と声を掛けてきた。色白で品のある顔立ちをしていながらも、気性は荒そうな男だ。目つきの鋭さがただ者でない感じを与える。織に対する態度もずいぶん横柄《おうへい》だった。

「よかったら乗ってもらえ。駅に行くのなら送ってやる。まんざら知らない仲じゃないからな」

「宗親《むねちか》さん」

織が困惑したように運転席の男から遥と佳人に顔を戻す。

「すみません、連れがあんなふうに申しておりますので、もしよろしければ」

佳人は自分では決めかねて迷い、遥を窺った。

「……あの、実は、こちらはおれが以前、茶の湯を習っていたときご教授いただいていた仁賀保《にかほ》織先生です」

以前、といえば当然ながら香西組《こうざいぐみ》組長の許にいたときの話になる。たぶん遥はいい気はしないだろうと思い、声も遠慮がちになる。

「なるほど」

遥は抑揚《よくよう》のない声で短く受け、ふっと苦笑した。

東原《ひがしはら》から何か聞いていたのか、それだけで遥は織のことも宗親のことも納得したようだ。

大型のベンツの後部座席に乗せてもらう。

四人を乗せた車はすぐに走り出した。

「あまりに懐かしくて、つい声をお掛けしてしまいました」

織があらためて失礼を詫びる。思わぬ成り行きになり、佳人たちに迷惑をかけたのではないかと心配しているらしい。

「いえ、お会いできて嬉しいです。おれは織先生がお着物をお召しのところしか知らなかったので、最初気づかずに申し訳ありませんでした。外出の際には洋装もされるんですね」

「ええ、たまに」

助手席に座り、身を捻って話をしていた織は、面映《おもは》ゆそうに胸元に手をやる。

「一回顔を合わせたことがあるよな、佳人？」

ステアリングを握る宗親も話しかけてくる。

「あんたは覚えてないかもしれないが、俺は一度会ったやつの顔と名前は絶対に忘れない」

「……すみません」

佳人は宗親といつどこで会ったか記憶しておらず、恐縮するしかなかった。

「それにしても二年半、いや、三年近くぶりか。あんたが香西と切れたのは知ってたが、まさか東原が贔屓《ひいき》にしてる社長さんとくっつくとは予想もしなかった。世の中何が縁でどう転ぶか本当にわからないもんだぜ」

宗親はどこか愉《たの》しげに、佳人があまり話題にしたくないことまで憚《はばか》らず言う。

佳人は遥が嫌な気分になるのではないかと冷や冷やした。

顔色を見る限り、遥は平静を装ったまま黙し、車窓を眺めている。

「もしお時間が許すようでしたら、ぜひまた習いにおいでくださいませ。佳人さんは本当にとても筋がよろしかったので、やめられてしまったときは残念でなりませんでした」

「そんな。ありがとうございます。心に留めて、考えさせていただきます」

話しているうちにも駅が見えてくる。

「それではどうも。送っていただいてありがとうございました」

ほんの短い間ではあったが、もう二度と会うことはないかもしれないと思っていた織と会い、言葉まで交わせて、佳人は嬉しかった。遥に不愉快な思いをさせなかったかどうかだけが不安だ。

「あれが川口組《かわぐちぐみ》組長の息子、上條《かみじょう》宗親か。辰雄《たつお》さんが言っていたとおり、食えなさそうな男だったな」

二人の乗ったベンツが車列に紛れて行ってしまうのを見送って、ぼそりと遥が呟く。

それを聞いて佳人は、あれが、と愕然《がくぜん》とした。知らなかったのだ。

「……遥さん、あの」

「行くぞ」

さっと踵《きびす》を返して構内に向かう遥の後を、佳人は慌てて追う。

機嫌を損ねているのか、遥はいつも以上に大股だ。自分で切符を二枚買い、佳人に差し出してくる。

「遥さん、すみませんでした、おれ」

「何がだ。べつにおまえが謝るようなことはなかっただろう」

あ、と佳人は遥の顔を見た。

遥は穏やかな目つきで佳人を見返す。怒った様子は微塵《みじん》もない。佳人は勝手に気を回しすぎた自分がかえって恥ずかしくなった。

「茶の湯を習っていたとは知らなかった。それならそうと言え。うちの茶室を遊ばせておかずにすんだだろう」

ぶっきらぼうに遥が言う。

「俺は、おまえの過去も全部引っくるめて俺のものだと思ってる。今後は変に気を遣うな」

さらにそう言って、照れ隠しのように先に改札を潜《くぐ》っていってしまう。

「遥さん」

佳人は晴れやかな気持ちで遥の後に続くと、急ぎ足になって肩を並べた。

「うちに帰ったら、一服差し上げます。もうずいぶん稽古していないので、ちゃんとできるかどうかわかりませんけれど」

ああ、とそっけなく答えた遥の口元に薄く笑みが浮かぶのを認め、佳人は今こうして二人でいられる幸福を噛みしめた。

あとがき

このたびは拙著をお手に取ってくださいまして、ありがとうございます。

情熱シリーズ十冊目は中編を二本書き下ろしたものになりました。

表題作でもあります一本は遥と佳人編、もう一本は東原と貴史編で、いずれも「たゆまぬ絆―涼風―」の後の話になります。話自体は独立しておりますので、本著だけでもお読みいただけますが、これを機会にシリーズの既刊にもぜひ手を伸ばしていただけますと嬉しいです。

ずっと変わらない関係はない、と私は思っております。本著では佳人側にも貴史側にも新たな出会いがあり、環境の変化が訪れます。

ですが、遥や東原とのそれぞれの関係は、絆が深まりこそすれ変わることはありません。

今まで書いていなかった東原の過去にもちらりと触れておりますので、それを元にいろいろと想像を巡らせていただければ作家冥利に尽きます。

私も、いつかもっと詳しく若かりし頃の東原を書いてみたいです。どういう経緯で今のような世界に身を置くに至ったのか、興味深いです。

そして、新キャラの敦彦さんは、今後もなにかと出張ってくるのではないかと思われます。弁護士貴史の相方には、彼くらい癖の強い人のほうが案外合うような気がします。早く佳人とも会わせてみたいです。三人仲良くしてくれたらいいのですが(笑)。

おまけとしましてドラマCDのブックレットに掲載された短編を再録していただきましたので、こちらも併せてご覧いただければ幸いです。

本著にも素敵なイラストの数々を描いていただきました円陣闇丸先生。いつも本当にお世話になっております。ありがとうございました。

表紙の遥さんと佳人、すれ違いざまにそっと渡された紙片にいったい何が書いてあるのか、すごく気になります。物語を感じさせるイラストにドキドキいたしました。

そして、そして。口絵カラーでは二人の初のラブシーン。今までは、月見台でお花見だったり、クルージングだったり、ボート漕いだりしていた二人ですが、ついに今回脱ぎましたね。本になった暁には、じっくりと堪能させていただきたいと思います。

この本の発行にご尽力くださいました制作スタッフの皆様にも、大変お世話になりました。感謝の言葉もありません。今後ともどうぞよろしくお願いいたします。

それではまた次巻でお目にかかれますように。

遠野春日拝

◆初出一覧◆

つい の絆　－芝蘭《しらん》の交わり－　／書き下ろし

艶縁《いろのえん》　／書き下ろし

ウェディングパーティーの後　／ドラマCD「情熱の結晶」ブックレット

（'06年7月株式会社ムービック）掲載